推理要在晚餐後3

東川篤哉

川にゴミや[redacted]を
すてないように
して下さい。
一級河川　ひがし川
D
3

※請勿朝河裡丟垃圾或[redacted]　　一級河川　東川

謎

推理要在晚餐後 3

導讀
異軍突起的安樂椅偵探

推理作家　冷言

二〇一二年臺北國際書展，筆者有幸透過尖端出版的安排，代表臺灣推理作家協會和東川篤哉先生進行將近一個小時的訪談。在臺灣，東川篤哉這個名字已經變得連非推理小說的讀者都不陌生。截至二〇一一年十二月，他的《推理要在晚餐後》全系列在日本已經銷出超過三百七十萬冊的銷量。是什麼樣的魅力讓推理小說中難以成為主流的幽默推理在書市中打下這麼一大片疆土，在和東川先生的訪談過程中，筆者略微窺見了其端倪。

東川篤哉一九六八年生於日本廣島縣尾道市，岡山大學法學部畢業。他的第一本長篇作品《密室的鑰匙借給你》獲得光文社的「KAPPA-ONE登龍門」新人獎，於二〇〇二年出版。在此之前，他曾以東篤哉的名義發表了幾本短篇集。東川篤哉以幽默推理作品見長，在這次的訪談中，他本人表示很擔心自己的作品因為加入幽默元素，會被誤認為是バカミス。因此，筆者需先解釋何謂バカミス。

バカ有「笨蛋」、「蠢」的意思，因此バカミス有時會被譯為「笨蛋推理」或「蠢推理」，但筆者認為從其定義來看，這都不是適合的翻譯，單從字面上的意義來看，確實會讓人誤以為是亂七八糟的惡搞作品。實際上，バカミス指的是極端追求意外性與娛樂性

的推理小說，因此常常會犧牲掉推理小說的現實性。譬如有個犯罪現場，被認為是出入口完全被封閉的密室。結果卻是因為兇手殺人之後，在密室內的某面牆壁前迅速築起另一道牆，然後藏在兩道牆之間的空隙，所以沒有被發現。這類看完之後會讓人不自覺說出「哪有這種事！」的推理小說，在日本會被歸類為バカミス。不過バカミス並不完全是貶意，有些讀了之後會讓讀者讚嘆作者奇想天外的作品也會被歸類到バカミス當中。但由於字面上的貶意，有些作家並不喜歡自己的作品被歸到這一類。

實際讀過東川篤哉的作品後，筆者認為他的擔心是多餘了。他的作品雖然擁有大量幽默元素，內裡卻是相當紮實的本格推理小說。東川篤哉的作品主要有「烏賊川市系列」、「鯉之窪學園偵探社系列」、「影山—麗子系列」以及其他一些非系列的作品。本文就「影山—麗子系列」，也就是讀者熟知的《推理要在晚餐後》做一簡單的介紹。

「影山—麗子系列」是標準安樂椅偵探形式的本格推理小說，目前為止共有十八篇短篇，集結成系列三冊出版。故事以擔任新人刑警的「寶生集團」千金——寶生麗子白天在犯罪現場搜集情報與證人證詞，晚上回家後在晚餐時將情報透漏給管家——影山，最後由影山在晚餐後解謎的基本形式構成。筆者之所以稱之為「影山—麗子系列」，是因為管家影山才是實際擔任解謎的偵探，千金小姐麗子反倒是擔任類似助手的角色。系列的第一篇〈殺人現場請脫鞋〉最初是在小學館「文芸ポスト」二〇〇七年冬季號刊載，系列第二篇一直到二〇〇九年才轉到同樣為小學館的雜誌「きらら」2月號進行連載。在「きらら」連載的期間，是以「寶生麗子的推理要在晚餐後」為標題刊載。第一集的〈請小心劈腿〉、〈請看來自死者的留言〉，以及第二集的〈此處並非完全密室〉則是只收錄在單行本裡的作品。「きらら」是以女性為主要讀者群的小說誌，因此「影山－麗子系列」在「きらら」連載的期間就是以女性所喜歡的推理小說為取向，進而產生了「安樂椅偵探管家與新人刑警大小姐」這樣的設定。除了上述兩名主要角色外，還有擔任麗子上司、大企業風祭汽車小開，喜歡開著銀色 Jaguar 轎車出入殺人現場的風祭警官。

本系列最令人印象深刻的大概就是管家影山的毒舌功力。管家原本是服從的角色，對主人應該畢恭畢敬。但是身為管家的影山卻總是在聽完主人麗子對案情的敘述後，忍不住（？）出言不遜，發表諸如「大小姐您是白癡嗎？」、「難不成大小姐的眼睛是瞎了嗎？」這類爆炸性的發言。而麗子為了借重影山的推理能力，只好忍氣吞聲。這種角色身分與言行舉止的反差，正是本系列有趣之處。此外，作者雖然將麗子和風祭警官都設定成家世顯赫的有錢人，但是風祭家族和寶生家族相比還是差上一大截。對麗子真實身分毫不知情的風祭卻老是以自戀的姿態在麗子面前炫耀家世，其場面所產生的荒謬感與麗子心中的吐槽亦是本系列的醍醐味所在。

也許就是因為宛如漫畫般的人物設定和角色互動，東川篤哉才會擔心被讀者誤會這是バカミス。不過正如他自己對幽默推理的看法，嚴謹的推理故事才是重心，幽默的元素只是希望讓讀者更容易閱讀。「影山－麗子系列」正是紮根於優秀的本格推理基礎上，以讓讀者更易於閱讀而發展出來的有趣故事。如果此時您已經用過晚餐，那麼就讓我們一起來進入東川篤哉的推理世界吧。

目次

第一話

請勿給予犯人毒藥

1

這已經是眾所皆知的事了，但是還是得不厭其煩的再說一次。「寶生集團」是一個從鋼鐵、電力、精密機械，到食品、藥品、釣魚用品，甚至是報章雜誌及本格推理小說等等，各種產業無不涉獵的巨型複合企業。而財團總裁寶生清太郎的城池．寶生邸，則是坐落東京西邊的國立市一隅，以占地廣大到幾乎讓附近人家感到困擾而聞名。

被高聳圍牆所包圍的寬廣建地裡，矗立著風格獨具的西洋建築，有時髦的別館、詭異的倉庫、無用的噴水池；庭院裡還有兩隻雞、還有狗有馬有鹿，還有大象與長頸鹿悠然地吃草，還有獅子恣意地來回奔跑——種種謠言不斷的在國立市市民之間流傳。不過，這些當然都只是都會傳奇罷了。任誰也分不清什麼是真，什麼是假，又有什麼是插科打諢的閒話。對於大多數市民而言，寶生邸內部一直是個無法窺探的祕境。

三月下旬的某個早晨，寶生邸庭院內的櫻花正開始綻放的時候。

在掛著帳幔且綴飾著華麗蕾絲的床——也就是所謂的「公主床」上醒來後，寶生麗子突然「哈啾！」地打了一個很沒有大小姐風範的誇張噴嚏。

嘶嘶——麗子才吸了幾下鼻子，隨即又補上錦上添花的一發。「嘿啾！」

麗子把羽絨被子拉到睡衣的胸口前，「嗚嗚，好冷。」肩膀不禁顫抖了起來。

「——話說回來，我剛才的噴嚏也太不可愛了。」

身為富豪千金之人，即便是突然打個噴嚏，也得講究氣質。可不能跟那些口沫橫飛噪音驚人的中年男子等同而論。再說——

若是被那男人看見自己失態的一面，到時候又免不了會招來一陣嘲弄了。

「只有這點絕對不能容許……我得小心才行。」

這麼告誡自己後，麗子搖響床邊的搖鈴，喚來那個男人。

那個男人——其實指的是侍奉寶生家的年輕管家．影山。搖鈴才響不到五秒，身材高瘦、戴著知性的銀框眼鏡、搭配西裝打扮的管家，已經來到麗子寢室的門口，敲了敲門。

「早安，大小姐。」一踏進寢室內，管家首先對床上的麗子恭敬地行了一個禮。然後，他面露警戒的環顧床鋪周遭。「…………」

「怎麼了？影山。有哪裡不對勁嗎？」

「不，沒什麼。」影山以沉穩的語氣說：「只是，剛才走在走廊上時，我好像聽到哪裡傳來了彷彿中年大叔般的嘶吼聲，為了慎重起見，我必須提高警覺。」

「喔、喔喔……」討厭啦，那個「大叔般的嘶吼聲」難不成是在說我嗎？我打噴嚏很像大叔嗎？麗子內心受到嚴重的創傷。「這、這裡可沒有什麼老頭子或大叔喔。一定是爸爸在他房裡打噴嚏的聲音啦。」

「原來如此。的確，老爺是不折不扣的大叔了……」

影山對雇主做出了略嫌欠缺敬意的發言：「話說回來，您找我有什麼事情嗎？大小姐。」

「當然，就是有事才會叫你啊。」麗子故意可愛地輕咳幾聲。「我好像感冒了，早餐就吃粥好了。還有，把體溫計拿來。我一定發燒了……咳，今天工作要不要請假呢……」

這麼說道，麗子斜眼確認一下管家的反應。可是影山的側臉只看得到一如往常的冷靜表情。

過了一會兒，在寶生家的餐廳裡——

「若是大小姐真的如您所想的感冒了，那恐怕是因為今天早上氣溫驟降的關係吧。這正是人家常說的花冷（註1）。昨天之前，還是帶有春意的宜人氣候，到了今天突然變得像是回到隆冬一般的寒冷。」

影山這麼說著，同時以優雅的動作將盛在托盤上的早餐擺放到麗子桌前。

麗子注視著冒出蒸氣的中式鹹粥，表情依舊無精打采。聽到「嗶」一聲的電子音後，麗子將手伸進懷裡，掏出體溫計，隨即口氣平板地唸出液晶螢幕上的數字。

「三十七點……哇，三十七點二度！」麗子睜大眼睛，得意似地將體溫計拿給身旁

註1　日本氣象用語，意指櫻花綻放的初春天氣多變，冷氣團會突然南下導致氣溫驟降。

的管家看。「你看，影山。我猜得沒錯，果然發高燒了。這下子，今天是不可能去上班了。畢竟，燒到三十七點二度了呢！」

不過影山卻對麗子投以冷靜——應該說是冷淡的視線。

「恕我冒昧，大小姐。只因為三十七度出頭的發燒就想請假，這簡直跟討厭上學的國中生沒什麼兩樣。再怎麼說，大小姐也是身為公僕的警察。若是因為這點程度的小事就請假的話，市民們會在背地裡指責您為『稅金小偷』喔。這樣好嗎？」

「這、這樣當然是不行啊……」不過，你說「跟國中生沒什麼兩樣」是什麼意思啊！

麗子不滿地鼓起臉頰。這樣的她，職業正是警察。而且還是任職於警視廳國立市警署、貨真價實的現任刑警。的確，只因為低燒就曠職，這不是值得讚賞的行為。

「可是，你也不用說成是『稅金小偷』吧？畢竟國立市繳最多稅的，就是寶生家呢……」

麗子說出乍聽之下似乎很有說服力，但實際上卻又狗屁不通的辯駁，「我知道啦，我去上班總行了吧。」然後怨嘆了一聲，拿起湯匙。「哼！今天一整天我要勤奮工作，如果回家之後突然因為高燒而倒下的話，那全都是你害的！」

強詞奪理的同時，麗子機械式地把早餐的粥吞進肚子裡。

影山露出滿意的笑容，看著這個模樣的麗子。

於是，麗子忍受著「高燒」，今天也照常到國立市警署上班去了。

麗子身穿黑色褲裝，配上黑框的裝飾眼鏡，一頭長髮綁在後腦杓，打扮得十分樸素。外觀活脫脫就是個平凡的新人女刑警。誰也猜不到她會是寶生家的千金大小姐。況且，聚集在國立市警署辦公室內的男刑警們個個粗枝大葉，完全缺乏觀察力與服裝品味，所以誰也沒有察覺到麗子的真面目。在他們眼裡看來，Burberry 的褲裝與 Armani 的眼鏡，看起來全都像是在「丸井國分寺店一帶買來的東西」。

——現在才放馬後砲批評是不太厚道啦，但是，這些人居然還能當上刑警啊。

麗子對這些過於平庸的同僚們感到愕然。

在這些人的圍繞下，麗子開始了一天的工作。不過很理所當然地，她腦袋昏沉，身體慵懶，喉嚨乾渴，雙眼彷彿棄犬般水汪汪的。等到午休時間，她重新測量體溫，竟然高達三十七點三度！麗子開始認真地考慮請假早退事宜。

看來今天頂多只能適度地假裝整理文件（意思是不必認真的整理文件），然後趕快回家了。麗子一心等待著傍晚的到來。

然而，倒楣的事，總會在倒楣的時刻來臨。

國分寺發生事件的第一手通報傳到國立市警署，是下午兩點的時候。

麗子只好鞭策著熱烘烘的身體，衝出辦公室。

2

麗子前往的地方是國分寺西區。被稱為戀窪的這一帶，是保留著武藏野風貌的寧靜住宅區。附近有座被取了「X山」這種神祕暱稱的雜樹林，而且到處還殘存著以前的菜田。

事件現場為一棟日式住宅，巨大的瓦片屋頂令人印象深刻。幾名制服巡警正在保存跡證時，麗子與同僚們乘著巡邏車趕到了現場。確認過寫著「桐山」的門牌，麗子便穿過氣派的檜木大門進入玄關，在巡警的帶領下，往宅邸深處前進。

「就是這裡。」巡警指向半開的門。

麗子很有氣勢地打開那扇門進入房內，結果眼前出現的並非渾身是血的屍體——

「嗨，早啊，小姑娘。今天特別冷呢。」

是風祭警部。見到討厭的上司出現，麗子差點忍不住想掉頭就走。

警部照例一身刺眼的白色西裝，此外還套著黑色大衣，繫上紅色圍巾。這正是他今年冬季的典型穿著。

說不定會被誤認成黑道老大，因而成為火拚子彈下的犧牲品喔——差點脫口提出多餘的忠告的麗子，還是恭敬的低頭行禮說：「您、您辛苦了，警部。」

風祭警部乃是國立市警署中首屈一指的精英刑警，年紀輕輕才三十幾歲就擁有警部的頭銜。他的真實身分其實是「速度快，但缺點卻是容易壞」的汽車製造商——「風祭汽車」創業家的少爺。簡而言之，就是有錢人家的公子哥兒當上了精英警官。俗話說不知人間疾苦，就是像他那樣子吧？麗子這麼心想，完全無視於自己的出身。

順帶一提，在僅僅一個月前的事件中，將麗子從窮途末路的大危機之中拯救出來的就是這位風祭警部。就這層意義上而言，他無疑是麗子的「救命恩人」。然而在麗子心中，這個事實卻是充滿恥辱的記憶。那正是她想要抹消的過去——也就是所謂的「黑歷史」。

只不過令麗子慶幸的是（另一方面也是警部的不幸），他的大腦似乎徹底遺漏了那段決定性場面的記憶。有些被害者遭受到強烈衝擊而陷入記憶障礙，這種情況屢見不鮮。警部大概也是其中一例吧。

拜此所賜，麗子與風祭警部的關係至今始終沒有絲毫的改變。

「話說回來，警部，您今天不是輪休嗎？因為從早上開始就沒看到您，我覺得好清靜——不，是覺得好像少了什麼呢。」

「這樣啊。對不起，讓妳感到寂寞了。」

「…………」這是風祭警部特有的自戀風格。這男人真的絲毫沒有改變。

「今天我不是輪休，而是請了有薪假。其實我一早就發了高燒。以這種狀況實在是禁不起繁重的勤務。咦？妳問幾度——三十七點二度喔。怎麼樣？確實是高燒對吧？」

「……三十七點二度。」麗子皺起眉頭，然後露出得意的微笑。「——嘿嘿。」

哇——我贏了！這次絕對是我贏！畢竟我沒有請假嘛！

麗子在無關緊要的事情上感受到勝利的喜悅，露出了今天最燦爛的笑容。

「不過，既然有重大事件發生，當然就不能繼續請假了。所以我才取消了有薪假，趕來現場。好了，閒聊就到此為止——如何？寶生。今晚下班後，要不要跟我在能欣賞夜景的高級餐廳共進道地的法式料理……」

「警部，閒聊就到此為止，可以趕快進行事件的調查嗎？」

「這、這個嘛，妳這麼說的確也是。」

晚餐的邀請被回絕後，警部臉頰微微抽動著望向室內。麗子也從警部背後定睛凝視現場。

那是男性的寢室。木質地板上擺放了一張結實的木床。旁邊有張小桌子。房間角落有臺薄型小電視。顯眼的家具就只有這些，房間整體給人一種簡陋的印象。在這之中——

床與桌子之間橫躺著一位身穿睡衣的男性。頭髮全部花白了，臉上布滿深深的皺紋，是個年齡大約七十幾歲的老人。乍看之下沒有外傷。既沒有被刀械所刺，脖子上也沒有纏著繩子。不過從那化為蒼白的臉色看來，他顯然已經斷氣了。

「唔，我聽說是殺人事件才趕過來的，不過看起來好像不是這麼一回事。死因是什麼呢？」

警部歪頭思索。麗子也謹慎地將視線掃過屍體及其周圍。

老人死時消瘦的身軀彎成了「く」字型。在半開的嘴角周邊，遍布著他的嘔吐物。老人可能是在劇烈嘔吐之後才死亡的。

將目光移向床上時，可以看到枕邊有手電筒與收音機。被子凌亂地掀起了一半。黃色毛巾隨意放置在墊被上。床邊的桌上有一支五百毫升的寶特瓶及茶杯。寶特瓶內裝了八分滿的透明液體。雖然標籤被撕掉了，但內容物看起來好像是水。往茶杯內一看，裡頭也殘留著少許透明液體。

然後麗子與警部稍微蹙著眉頭，湊近一點端詳老人的屍體。

在那一瞬間，杏仁味竄進了麗子的鼻腔。氰酸性毒物會散發獨特的杏仁味，這點法醫學的教科書上一定都會教。照這麼看，難道這是氰酸——

「是氰酸鉀！」風祭警部大叫一聲，馬上往後跳開，並且對麗子提出警告。「小心啊，寶生！最好不要隨便把臉湊過去。那個茶杯跟寶特瓶也不能碰。畢竟有誤觸氰酸鉀的危險性啊——嗯嗯，原來如此，是這麼一回事啊。我知道了，這個老人是被氰酸鉀毒殺的！」

「…………」什麼氰酸鉀氰酸鉀的，也不用像個笨蛋似的，老是同一句話一直說個不停吧……

麗子懷著敗興的心情反駁說：「警部，氰酸性毒物不等於氰酸鉀喔。再說，就算真的是氰酸鉀致死的，那也未必是他殺吧？老人也很有可能是服毒自殺呢。」

「自殺？」警部的眉毛抽動了一下。「當、當然。我是考量過這種可能性之後，才又提出了他殺的推論喔。難道妳聽不出來嗎？」

「…………」雖然聽起來完全不像是如此，但麗子還是說：「原來如此，警部說得是，這起事件似乎有必要朝自殺及他殺兩個方向進行調查呢。」

她完美地為警部打圓場。像這樣克盡部下的職責是很累人的。

撇下嘆了一口氣的麗子，警部自顧自地詢問站在一旁的本地巡警。

「對了，這位老人的身分是？」

「是。這位老人名叫桐山健作，是這個桐山家的當家——」

根據中年巡警的說明，桐山家是家世悠久的農家，祖先代代都在戀窪從事農業。聽說他們在宅邸周邊持有耕地，桐山健作本人也從事農耕。順帶一提，農業是國分寺不為人知的地方產業。特產是土當歸，麗子沒有吃過。

「不過——」巡警接著解釋。「健作先生也不敵歲月的摧殘，在去年就已經不再務農的樣子。畢竟兒子夫妻無意繼承農業，這也是沒辦法的事情。」

「桐山家的家庭成員是？」

「住在宅邸裡的有健作先生與其妻信子女士、兒子夫妻，還有就讀大學的孫女，是個五人家庭。此外，還有一名通勤的幫傭與一隻家貓。」

聽說最先發現屍體的是妻子信子。既然如此，應該先找她來問話吧。於是麗子與警部把桐山信子叫到了其他房間。

桐山信子今年六十九歲，是個身材消瘦的老婦人。面臨丈夫的驟逝，她並未表現出驚慌失措的樣子，只是帶著僵硬的表情出現在刑警們面前。

無論什麼都請儘管問，信子夫人擺出毅然決然的態度說。風祭警部以多疑的眼神注視著這樣的她。凡事都很單純的他，是那種會老實相信「第一發現者就是頭號嫌犯」的人。

「可以請您先說明一下發現屍體的經過嗎？」

聽完警部的發問，信子夫人輕輕點了點頭，然後以壓抑情感的語氣回答：

「因為外子有點感冒，今天吃完早餐後不久，又窩回了自己的寢室裡。他好像吃過藥就睡了。為免打擾他的安眠，我刻意不接近寢室。可是過了下午一點之後，外子還是沒有起床。我擔心他中餐要怎麼解決，便在下午一點半過後去敲外子寢室的門。不過外子並沒有回答。我打開門往房裡看時，寢室就已經是那個狀態了……」

說到這裡，信子夫人突然為之語塞，同時以有些做作的動作掩住了嘴。

警部帶著冷漠的表情，向信子夫人進一步地詢問詳情。

「健作先生進入寢室的正確時間是幾點呢？」

「我想應該是上午十點左右。當時我正在院子裡晾衣服，外子隔著起居室的窗子說『我感冒了，要在寢室裡休息。不要吵我喔』。我只回了一句『知道了』，就這樣在院子裡繼續做事。所以外子應該是在那之後就馬上回寢室了。」

「健作先生進寢室後，您都沒有去看過情況嗎？」

「是的。我想說反正他只是在睡覺，而且外子也吩咐過『不要吵他』了。」

「原來如此，所以才會拖到下午才發現啊。那麼，妳發現健作先生過世時做了什麼呢？」

「當然是衝向倒臥地上的外子，然後搖晃他的身體呼喊他的名字。可是外子卻毫無反應。而且外子的身體冰冷得嚇人……所以我忍不住大聲慘叫……聽到我的叫聲後，幫傭的相川小姐也來到了寢室。相川小姐代我檢查外子的脈搏。不過依舊是回天乏術。她默默地搖了搖頭，然後扶著我走出寢室。幫忙報警的也是相川小姐。」

「寢室的狀況跟您發現屍體時一樣嗎？您沒有碰過那張桌子上的寶特瓶或茶杯吧？」

「是的。寶特瓶跟茶杯，還有墊被上的黃色毛巾、枕邊的收音機和手電筒一直放在原來的位置，我全都沒有碰過。」

「這樣啊。哎呀，那真是太好了。」風祭警部鄭重地低下頭，隨即轉向後方，在麗子的耳邊悄聲說：「那個現場有什麼黃色毛巾跟手電筒嗎？咦？有喔？這樣啊，不，那就好。」

「…………」欠缺觀察力的刑警，這裡就有一位……

麗子瞥了警部一個白眼後，便主動開口詢問夫人。

「方便告訴我，您看過現場後的印象嗎？看了健作先生那個樣子，您是怎麼想的？是他殺，還是自殺？」

面對麗子過於直爽的問題，信子夫人嚇一跳似地瞪大眼睛。

「您說他殺？這是不可能的。難道您的意思是誰殺了外子嗎？這麼可怕的事情，我根本無法想像。」

然後信子夫人以說服自己般的語氣接著說：

「我想，外子會不會是自殺的呢？不，我也想不到什麼導致外子自殺的線索，可是不知怎麼的，就是這麼覺得……」

3

麗子與風祭警部回到現場的寢室時，桐山健作的屍體已經被運走了。鑑識人員似乎把遍布屍體旁的嘔吐物全都帶走了，地板變得十分乾淨。寶特瓶跟茶杯也正在鑑識當中。

風祭警部在床緣坐下，擺出一副好像非常認真思考的姿勢。

「今天早上健作先生說有點感冒，於是進了寢室。不過，其實他心裡正考慮要自殺。只剩下自己一個人後，他把寶特瓶的水倒進茶杯。然後將事先準備好的毒物放入嘴裡，配著茶杯的水服下，終於如願以償地死了——」

警部好像很滿意自己的假設般用力點了一下頭。

「唔。這麼一想，原來如此，健作先生自殺也並非毫無可能。雖然沒發現遺書，但是自殺時沒留下遺書也不是什麼罕見的事情——妳說是吧？寶生。」

「是，確實如此。」麗子姑且表示贊成，但同時卻也產生了一個疑問。

容器不見了。裝有毒物的容器消失到哪裡去了呢？「那個，警部……」

當麗子正準備提出問題時，

「問題是容器！」警部打斷她的話大叫道：「氰酸鉀不是那種可以隨手拿來拿去的東西。假使健作先生在這間寢室內服下了自己準備的氰酸鉀，屍體旁邊沒留下容器就說不過去了。怎麼樣，寶生！」

「…………」雖然警部面露得意地這麼問她，但由於麗子的想法也完全相同，她並不覺得特別欽佩。麗子面無表情地回答：「您說得是，警部。」

接著警部慢吞吞地下了床，擺出匍匐姿勢，開始仔細地搜索地面及床底下。他大概是在尋找消失的容器吧。莫可奈何之下，麗子也效法起上司的動作。

可是不管再怎麼窺視，床底下還是找不到任何東西。相反地，麗子在牆邊的地板上找到一條細長的棕色橡皮筋。「——警部，我找到了這個。」

「嗯？」警部把臉湊近麗子手指捏著的物體，並將眼見的事實如實地說出來。「什麼啊，這不是斷掉的橡皮筋嗎？這種東西跟事件有什麼關係嗎？只是區區的垃圾吧。」

這個嘛，要說垃圾確實也只是垃圾啦。麗子把撿到的橡皮筋放在桌上，視線再度落向地面。

過了幾分鐘後，刑警們不惜像狗一樣在地上爬的執著，終於有了成果。

「我找到了，寶生！」

警部看著放在床邊的薄型小電視的電視櫃底下大叫。

被他當成戰利品高高舉起的東西，是個細長透明的筒狀容器。是藥盒。那原本是裝藥劑的容器，但也可以用來保管毒藥。裡頭是空的，不過盒子底部可以看到殘留有些許微粒。

警部以指尖彈開扣在本體上的蓋子，將鼻頭湊近盒子。

「錯不了的，這就是氰酸鉀的容器。健作先生自行服用了放在這個容器裡的氰酸鉀，然後丟掉盒子，喝下茶杯內的水。被丟棄的盒子滑過地板，藏進了這個電視櫃底下。這樣就說得通了。我說得沒錯吧？寶生。」

「…………」原來如此，這樣的確是說得通。可是不知道為什麼，麗子突然不安起來。

仔細一想，過去只要風祭警部發表合理的假設，到最後多半會證明那是錯的。如果依據這個經驗法則的話，桐山健作的死就不是自殺了。這是一起偽裝成自殺的殺人事件……不，是我想太多了嗎……警部偶爾也會有猜中的時候吧……可是，之前都連續慘敗，這次八成也……

麗子越想越覺得桐山健作的死令人費解。

過了不久之後——

麗子與風祭警部從微微打開的拉門後方窺探著桐山家大廳的情況。五名男女各自以不拘小節的姿勢坐在寬敞的榻榻米房間內。麗子輕聲對警部說明之前收集到的情報。

「健作之妻信子您知道吧。在她身邊的中年男性是兒子和明。他在國分寺開了一家使用無農藥蔬菜的有機餐廳，簡單來說就是餐飲業者。順帶一提，和明是信子的拖油瓶，跟健作之間並沒有血緣關係。」

「喔，這情報可不能置之不理呢。」

「在和明身邊，妝化得很誇張的女性是他的妻子，名叫貴子。她雖然是專業主婦，但家事大多丟給信子夫人處理，自己日復一日沉迷於個人嗜好與才藝練習。後面那個無聊的撥弄著頭髮的年輕女孩是獨生女美穗。聽說她今年才剛進女子大學，現在每天都忙著參加社團活動跟聯誼的樣子。」

「不是還有另外一個人嗎？」警部把臉貼近拉門的縫隙問。

「您是說穿著圍裙的年輕女性吧。她叫相川早苗，如您所見是個幫傭。」

「原來如此，我清楚了。」警部將臉抽離拉門的縫隙，無聊似地喃喃自語：「可是啊，健作先生十之八九肯定是服用氰酸鉀自殺。就算對關係人進行訊問，感覺也只是浪費時間而已。」

「妄下結論是偵辦的大忌喔，警部。而且，警部應該很喜歡這種情況不是嗎？」

聽了麗子帶有嘲諷意味的一番話，風祭警部露出了美男子式的微笑。

「當然，我最喜歡了──那麼要上囉，寶生。」

警部雙手置於成對的門把上，啪一聲地將兩扇拉門迅速往左右拉開。麗子完全無法理解他為什麼要如此招搖地強調自己的登場。

不過，在所有關係人的注目下走向大廳中央的風祭警部，無疑的心情很好。他宛如歌舞伎演員般瞪視著一干人等，然後開口這麼說：

「桐山健作先生過世了，可能是服用氰酸性毒物而死──」

對警部這段發言迅速反應過來的是和明。

「是氰酸鉀吧。爸爸服用了氰酸鉀自殺對吧。」

「哎呀，請等一下。」警部裝模作樣地歪著頭反問。「我從來都沒有說過健作先生是自己服毒喔。他殺也是極有可能的。另外，雖然這是枝微末節的小事，但為了慎重起見，我還是得言明在先，氰酸性毒物可不等於氰酸鉀。」

喔喔，不愧是專業刑警！真有兩把刷子！這種與現實不符的錯誤氛圍一口氣在大廳裡蔓延開來。剛才那個在拉門後頭斷言「十之八九肯定是服用氰酸鉀自殺」的是哪一位啊？麗子暗自嘆了口氣。

「這、順便請教一下。」和明語帶顫抖地說：「家父大概是幾點過世的呢？」

「關於推測死亡時間，據法醫的看法是上午十點前後。由於信子夫人正好於上午十點與生前的健作先生交談過，健作先生的實際死亡時間應該在十點過後不久……」

「上午十點！」還沒聽完警部所有的話，和明便放心地大叫：「太好了。這樣的話，事情就跟我無關了。我在上午九點離開國分寺的店，外出採買。在那之後我也一直留在店裡。員工們應該可以替我作證才對。」

「等一下，老公，你這是什麼意思嘛。」發出不滿叫聲的是妻子貴子。「只顧著主張自己的不在場證明，想藉此擺脫嫌疑不成？真是太狡猾了。這樣的話，上午剛過十點的時候，隔壁家的太太也來接我，一起出門練習茶道去了喔。之後我就一直跟大家還有茶道老師在一起了。」

「媽媽，那能夠算是不在場證明嗎？」女兒美穗指摘說。「爺爺就是在上午剛過十點的時候死掉的喔。就算媽媽先餵爺爺吃下毒藥，然後再出門練習茶道，那也一點都不奇怪啊。」

聽了這番毫無忌諱的言論，貴子吊起眼角尖聲叫道：

「美穗，妳說那什麼話！媽媽怎麼可能餵爺爺吃毒藥呢？」

「就是說啊，美穗。不要隨便懷疑家人。」和明也告誡女兒。「話說回來，上午十點的時候，美穗人在哪裡做什麼呢？」

「你倒是很開心的在四處懷疑他人嘛！」美穗以完全符合時下女大學生的語氣咒罵父親。「我才沒有什麼不在場證明呢。上午十點的時候，我一直待在家中自己房間裡。沒記錯的話，搭朋友的車一起去學校應該是十點半的事。之後我就一直跟別人一起待在大學裡了。」

然後美穗一改粗魯的口吻，轉而面向警部。

「不過請您相信我，刑警先生。我並沒有殺害爺爺。」

「唉，這不是我相不相信的問題啊……」

風祭警部露出困惑的表情看著和明、貴子及美穗三人的臉。

「各位似乎誤會了什麼的樣子。在本次事件中，就算再怎麼主張自己有不在場證明也毫無意義喔。畢竟健作先生是服毒而死的。假使是他殺的話，犯人只消事先在健作先生可能食用的東西裡下毒就行了，並不需要在推測死亡時間的上午十點多出現在現場。下毒的時間可以是早上七點或八點，也可以是前一天晚上。不，搞不好在一週前就已經下毒了呢。比方說摻在健作先生平時服用的藥物、維他命，或者是感冒藥裡……」

聽了風祭警部所說的話，桐山家的人們頓時緊張起來。另一方面，警部捨棄了剛才的「自殺說」，改口斷定這是一起毒殺事件。他大概是認定這樣會比較有趣吧。

於是之前還十分重視不在場證明的三人，態度突然急轉直下。

「仔、仔細一想，不在場證明什麼的根本就不重要。因為爸爸是自殺死的啊。」

「就、就是說嘛，爸爸最近老是碎碎念說身體不好。」

「這麼說起來，高齡者自殺也不是什麼罕見的事情，報紙上也常看到呢。」

面對這名為殺人嫌疑的驚濤駭浪，原本四分五裂的家族突然提升了凝聚力。

默默看著一連串鬧劇的信子夫人，搖了搖頭說：「真是可悲啊……」

這時，站在信子夫人背後的幫傭——相川早苗小姐輕聲叫道：

「哎呀，這不是小白嗎！你跑到哪裡去了！」

相川早苗的視線投向剛才警部打開的拉門後方。麗子轉頭往那邊一看，不知道是什麼時候，那裡出現了一隻全身雪白的貓。

大概因為是隻白貓，才取名為小白吧。對了，桐山家的家庭成員之中，還包含了一隻貓，麗子回想起來了。不過之前都沒看到半點蹤影……

「嗨，你回來啦，小白。」和明抱起白貓向刑警們說明。「其實小白這傢伙大概從一個禮拜前就失蹤了。爸爸找了牠好久，可是卻哪兒都找不到——妳說是吧？貴子。」

「是啊。爸爸很疼愛小白，每晚都抱著牠睡覺。所以牠不見之後，爸爸好像很落寞的樣子。是這樣沒錯吧？美穗。」

「嗯，爺爺曾說小白已經不會再回來了，好像已經放棄的樣子——啊，說不定小白失蹤也是爺爺自殺的原因之一呢。」

「嗯，這是有可能的。」和明一邊點頭，一邊撫摸著貓的頭。「高齡者失去寵物後失魂落魄，突然走上自殺一途——這種事情常發生吧？刑警先生。」

「唔——自殺的原因是走失的寵物嗎？」

風祭警部右手撥起頭髮，自言自語似地低聲說。

「的確，這也並非毫無可能……」

4

結束大廳的訊問後，兩名刑警坦誠地交換起彼此得到的印象。

「老人因為家貓走失而自殺，這的確是有可能的事情。難道真是自殺嗎……」

「警部原本就說是自殺了。而且現場還遺留著毒物用的容器。」

「不過和明與貴子夫妻，還有女兒美穗，這三人的反應又該怎麼解釋呢？他們非但不為桐山健作的死感到哀痛，還拚了命地強調自己是無辜的。這樣反而可疑啊。」

「的確，我們連問都還沒問，他們就主動提出了不在場證明。所以說，真凶就在他們之中嗎？」

面對麗子無心的提問，風祭警部就這樣順勢借題發揮。

「嗯，是啊。就像妳所說的，對健作先生下毒的真凶就在他們之中。十之八九絕對是這樣沒錯。我的看法也跟妳完全相同喔，寶生。」

「……………」麗子覺得自己就像是被搭霸王車的計程車司機。可是這個國家沒有法條可以取締竊占部下發言的上司。麗子只能苦笑了。

順帶一提，麗子自己也難以判斷桐山健作的死是自殺還是他殺。兒子夫妻對死者的冷漠態度實在不值得讚賞，可是那也有可能只是為了要自我保護而已。話雖如此，要斷定是自殺感覺也太單純了……

不過經過訊問之後，至少可以確定一件事情。就是風祭警部針對本次事件，內心並沒有明確的見解，只是一味地見風轉舵罷了。不過，要說他一如往常，也確實是一如往常。

或許又是臨時起意也說不定，這樣的風祭警部帶著麗子前往桐山邸的廚房。這時幫傭相川早苗正好在餵白貓吃貓食罐頭。小白專心地大口吞噬著罐頭飼料，看來是餓得飢腸轆轆的樣子。

「啊啊，相川小姐，這下正好——哎呀，小白也在啊。」

警部大概是受內心的衝動驅使，而意圖扮演「愛好動物又和藹可親的刑警」吧。明明也沒多喜歡，他卻一邊說「嗨，可愛的小貓咪」，一邊蹲在白貓面前逗弄似地伸出手指。

白貓喵地叫了一聲——然後喀吱地咬了警部一口。看來牠似乎把警部的手指誤認成小熱狗還是其他什麼東西似的。警部瞬間漲紅了臉。

「不行喔，小白。」相川早苗斥責白貓。「那種東西就算吃了也不好吃喔。」

實際上好像也真的不怎麼好吃的樣子。小白嘔嗚地吐出警部的手指。

確認過自己的指頭沒有少掉一截，「……這、這貓真不可愛呢，哈哈哈。」警部露出僵硬的笑容瞪著小貓。

「是，刑警先生說得沒錯，小白這隻貓實在不太可愛。」

嘴巴上這麼說的相川早苗，似乎也是個不怎麼可愛的幫傭。她的用字遣辭太辛辣了。

「喔，是這樣啊。不過，從剛才在大廳裡的對話聽來，感覺健作先生非常疼愛這隻白貓。甚至到了每天晚上要一起睡的地步。」

「這個嘛，誰知道呢？」出乎意料地，相川早苗一臉難以認同的表情。「我是每天通勤上班的幫傭，所以對晚上的情況不太清楚。可是就我所見，老爺感覺起來並沒有那麼疼愛小白。畢竟是共同生活的貓，老爺對小白是有一定程度的關愛，不過看起來並不像是特別喜歡的樣子。」

「唔。也就是說，健作先生對貓的愛只有普通程度。他不愛貓是吧？」

「這個嘛，老爺還算是關心貓。」「所以是溺愛囉？」「不，只是關心的程度。」「意思就是溺愛嘛。」「不，老爺對貓並沒有特別溺愛。」「健作先生不愛貓嗎？」「不，老爺是關心貓的。」「妳看，這不就是溺愛。」「不，老爺只是還算……」（註2）

「警部！」麗子不耐煩地插嘴說。「『溺愛』這個字眼可以用在貓以外的話題嗎？這樣只會讓事情變得越來越複雜而已。」

然後麗子代替警部向眼前的幫傭發問。

「健作先生對小白並沒有投注太多的關愛。所以說，小白一個禮拜前行蹤不明的事，跟健作先生的死無關嗎？」

「我是這麼認為的。雖然和明少爺他們都說是自殺，但小白失蹤這點事情不可能對老爺的精神上帶來多大打擊。就算多少有些失落，也不可能走上自殺一途。」

「那麼妳是說本次事件不是自殺，而是他殺囉？」

「這個嘛……」相川早苗一瞬間答不上話。「不，這我也不曉得。」

註2　溺愛的日文為猫可愛がり，也可以解釋為愛貓。

她搖了搖頭。麗子研判繼續追問下去也沒意義，於是結束了問話。

另一方面，警部嘗試從不同的方向刺探。

「妳最後一次看到生前的健作先生，是在什麼時候呢？」

「就在老爺回到寢室前不久，我曾在這個廚房裡見過他，那就是最後一次了。老爺是來吃藥的。」

「藥？」警部雙眼閃閃發光。「那是什麼藥呢？是感冒藥？還是其他常備藥品？又或者是氰酸鉀呢？」

「…………」吃下那種東西的話，人可是會當場死亡喔，警部。

麗子在心中吐槽著上司的發言——不，等等。我記得好像有方法可以讓人服下氰酸鉀卻不會當場死亡，麗子轉念一想。

「老爺吃的是感冒藥跟降血壓藥。感冒藥是市售的藥粉，降血壓藥則是醫生開的膠囊。」

聽到這句話的瞬間，警部顯得異常興奮，一把抓住了眼前的幫傭。

「膠膠膠、膠囊！那那那、那個藥放放放、放在哪裡？」

面對咄咄逼人的警部，相川早苗僵住了臉，腳邊的貓則是白毛倒豎。

「降血壓藥在那個冰箱裡。是的，老爺習慣把每天要吃的藥放在冰箱裡保存。您要看嗎？」

這麼說完，她打開置於廚房角落的冰箱的門，取出塑膠製的藥盒。收放在半透明容器內的是黃色膠囊。

「健作先生把醫生開的膠囊以這種形式保存，並每天固定服用。可是這種保存方式太草率了，反而可說是讓犯人更好下手……」

風祭警部沉思似地將手按在下巴上，「寶生！」然後劈頭詢問身旁的麗子：「妳明白這個膠囊具有什麼樣的意義嗎？」

膠囊具有讓藥效延遲發揮的功能。即便是吃下一個挖耳杓大小的分量就會即刻死亡的氰酸鉀，一旦包裹在膠囊裡，吃下去也不會馬上致死。就算健作先生於上午十點前在廚房吃下的藥，等到十點過後才在寢室床上發揮藥效，那也沒有什麼好感到不可思議的。只要利用這個膠囊，犯人便能輕易讓健作先生服下劇毒。面臨這意想不到的發展，麗子也不禁興奮地開口。

「警部！犯人把毒藥裝進這個膠——」

「如果妳不懂的話，就讓我來告訴妳吧，寶生！犯人把毒藥裝進了這個膠囊裡。不知情的健作先生以為是平常的降血壓藥，就直接吃了下去，然後回到寢室裡。不久，膠囊在胃中溶解，毒藥便蔓延健作先生全身——就是這麼一回事。怎麼樣啊？寶生。我的推理之中有任何疑點嗎？」

「……不，警部所言甚是。」

麗子以不帶感情的聲音表示贊同。把任誰都想得到的經過，當成好像自己專屬的獨特推理，還洋洋得意的宣告，此乃風祭警部慣用的絕技。

警部看了麗子的反應之後心情大悅，重新轉頭面向相川早苗。

「健作先生吃完藥後做了什麼呢？」

「嗯……對了，老爺拿著寶特瓶離開了廚房。」

「妳說的寶特瓶是放在寢室桌上的那瓶吧。」

「是，我想應該是同一瓶。老爺先拿著寶特瓶往起居室走去，然後好像隔著窗戶對院子裡的夫人說了兩、三句話的樣子。」

「『我感冒了，要在寢室裡休息。不要吵我喔』，是這段對話吧。信子夫人之前作證過了。健作先生是在這之後回寢室的吧？」

「是的——」幫傭先點了點頭，隨即又像取消似地左右搖了搖頭。「不，在回到寢室之前，老爺又一次來到了廚房。」

「喔，那是為什麼呢？」

「那是因為，這個……我想大概跟事件無關吧……」

「有沒有關係交由我們來判斷。無論什麼事情都請儘管說。」

「是，那麼。」相川早苗下定決心似地抬起頭。「老爺問我說『有沒有橡皮筋？』，於是我把圍裙口袋裡的橡皮筋抽出一條交給老爺。老爺應聲說『嗯，這個好』，就這樣帶著橡皮筋和寶特瓶往寢室去了。」

「什、什麼，妳說橡皮筋！」警部拉高嗓門叫道。「說到這個，現場的地板上確實遺留著一條斷掉的橡皮筋……可是，那到底是做什麼用的呢？裝水的寶特瓶可以猜到是要喝水用的，可是為什麼要把橡皮筋帶進寢室裡呢？」

「這個嘛，我也覺得不可思議，可是，又覺得這種事情不值得刻意過問……」

結果相川早苗並沒有問起橡皮筋的用途，就這樣目送著健作先生離去了。那就是她跟生前的健作先生最後一次見面的狀況。

最新浮現出來的神祕證物是「橡皮筋」。麗子與風祭警部無法確實掌握個中意涵，只能露出困惑的表情面面相覷。

在那之後，麗子也跟著風祭警部繼續進行搜查。她不怕惹人嫌地一再訊問關係人，同時執拗地觀察現場，幾乎到了快要將現場狀況烙印在腦海裡的程度。此外，還跟警部沒完沒了地反覆討論。桐山健作是遭到殺害？還是自殺？他在臨死之際要了一條橡皮筋的用意何在？在找不出答案的情況下，調查持續到了深夜。結果——

今天一整天奮力工作的麗子一回到寶生邸，就因為高燒而昏倒了。

5

「你看，影山～～這全都是你害的～～」

麗子躺在「公主床」上把羽絨被拉到下巴處，發出軟弱無力的呻吟。

這樣的她，今晚以感冒藥取代豪華晚餐，並以葛根湯代酒佐餐。捨棄布偶改抱著熱水袋鑽進被窩後，麗子將發高燒的責任強推給身旁的管家。

「都是因為你說什麼稅金小偷的，事情才會變成這樣～～」

「啊？您是說體溫從三十七點二度變成三十七點四度是我害的嗎？」

影山神情自若地看著手上體溫計的刻度，一點都沒有擔心的意思。

然後影山輕輕以指尖推了推銀框眼鏡，彷彿慫恿麗子似地開口。

「大小姐的身體之所以會惡化，我想恐怕是今天的事件所致吧。既然如此，您不妨跟敝人影山談談如何？對大小姐而言，事件獲得解決應該是最好的特效藥才對。」

「才沒這回事呢。就算事件解決了，我的感冒也不會痊癒。感冒跟事件又沒有關係。畢竟我人在國立，事件卻發生在國分寺嘛。」

「喔，舞臺是在國分寺嗎？那是在國分寺的哪裡——」

「在戀漥住宅區的一角喔。沒錯，還有農田呢。被害者以前也從事農業。不過，現在還不確定能不能說是被害者。畢竟也有可能是自殺……」

嗯嗯，原來如此，影山適時地附和。

在管家這般誘導之下，最後麗子道出了今天事件的詳情。影山在一旁的椅子上坐下，認真地聽她說話。

不過現階段麗子還無法解釋事件的全貌。畢竟桐山健作的死還不能確定是殺人事件。在這種情況下，就算影山再怎麼以卓越的推理實力為傲，也不可能釐清整起事件的來龍去脈。既然如此，至少聽聽看他對於自殺或他殺的判斷也好。這是麗子最真實的心裡話。

「——那麼，你認為如何？影山。」麗子把事件從頭到尾說完後，坐在床上詢問影山的見解。「桐山健作是自殺？還是被殺的呢？」

「在回答您的問題之前，我想先請教幾點。」

影山不改沉著本色，開始發問。

「從大小姐的描述聽來，健作先生跟兒子夫妻之間似乎處得不好的樣子。原因是什麼呢？因為和明先生是信子夫人的拖油瓶嗎？」

「這也有關係吧。不過主因好像是和明不肯繼承桐山家的農業的關係。健作強烈希望和明能承襲自己的衣缽，為桐山家守住代代相傳的田地。可是，和明卻跑去經營餐廳。和明跟貴子之間並沒有生下兒子，至於女兒美穗似乎也無意繼承的樣子。」

「所以健作先生最後終於放棄了代代相傳的田地……」

「不對。的確，健作引退不再務農了，但即使如此，他還是不打算賣掉田地的樣子。聽說健作的遠親之中，有個今年剛從農業大學畢業的男性，健作似乎考慮讓那個人繼承自己的田產喔。比方說，透過收為養子之類的方法。」

「這對兒子夫妻來說相當不利呢。分得的遺產可能因此大幅減少。原來如此……順便請教一下，和明先生餐廳的經營狀況如何？」

面對影山的問題，麗子壓低聲音回答：「聽說已經火燒屁股了。」

簡而言之，現在這個時間點，和明與貴子殺害健作的可能性相當高。聽完麗子的回答，影山滿意地點了點頭。

「那麼請容我再問下去。關於毒物的種類，確實是氰酸鉀沒錯嗎？氰酸性毒物還有其他種類呢。」

「嗯，是氰酸鉀喔。就結果來說，這點倒是和風祭警部的臆測不謀而合。」

「原來如此，接著是下一個問題。現場的桌上放了寶特瓶跟茶杯，裡頭裝的確實是水沒錯嗎？就算外觀是透明的，那也未必會是純水吧。」

「當然，這點鑑識組已經調查過了。寶特瓶的內容物和茶杯裡剩下的透明液體，全都是純水，錯不了的。」

「那我繼續問了。寶特瓶的種類是什麼呢？」

「啊？什麼寶特瓶的種類，這話是什麼意思啊？」

「寶特瓶的標籤似乎被撕掉了的樣子。這樣的話，就算裡頭裝的是水，寶特瓶也有可能本來是裝其他飲料的容器。比方說，把喝完的烏龍茶寶特瓶拿來裝自來水，重複利用，有很多人都會這麼做吧。桐山健作先生也有可能是這種人。」

「啊啊，你是說這個啊。的確，那個寶特瓶原本好像不是拿來裝水的。瓶裝水的寶特瓶多半是用柔軟的材質做的，可是現場的瓶子不一樣，是強度更高的硬質寶特瓶。那原本大概是裝茶的寶特瓶吧——我說啊，你這是什麼問題？寶特瓶的種類跟桐山健作的死無關吧。」

「不，這可大有關係了。哎呀，您還不明白嗎？既然如此，請容我再問大小姐一個問題。」

這麼說完，影山面對著躺在床上的麗子，以恭敬的口吻提出重大的問題：

「為什麼經歷了這麼多起重大事件之後，大小姐還是沒有一絲一毫的進步呢？難不成，您是故意的嗎？」

「…………」

麗子不知道該說什麼才好，就這樣沉默了一會兒。不久，她閉著嘴巴從被窩中起身，「影山，把睡袍給我。」這樣乾咳著對管家下令。麗子套上遞過來的粉紅色睡袍，搖晃著身體在床邊坐下，緩緩地抓著枕頭高高舉起。

「影山──！」

然後呼喚著叛徒管家的名字，同時將枕頭隨著怒火一同扔出。

「嗚！」以臉接下枕頭的影山，伸手扶正被打歪的眼鏡，說道：「請、請您冷靜一點，大小姐。若是感冒繼續惡化下去的話，恐怕會影響到明天的工作……」

「才不會影響呢！區區三十七度出頭的熱度根本算不了什麼！」

在激動到連感冒病毒都會逃走的狀態下，麗子一步步逼近影山。

「你說沒有一絲一毫的進步！開什麼玩笑。別看我這樣子，跟以前相比，好歹我也進步了五公厘或是十公厘吧！」

「這不是什麼值得驕傲的事情吧，大小姐。」

「你・少・囉・唆。」麗子面對著影山噘起嘴脣說：「啊啊，是喔。看來你已經知道這起事件是自殺或他殺了吧。這下正好，說來聽聽啊。」

然後麗子撲通地一屁股坐在床上，翹起腳來，向管家挑釁說道。

「好了，快說。要是你的推理說服不了我，我可饒不了你。」

影山無奈似地嘆了口氣，「遵命。」就這樣站著恭敬地行了一禮。接著，他緩緩地開口說了。

「雖然當著大小姐的面這麼說，猶如關公面前耍大刀，不過，毒殺事件其實非常棘手。有別於刺殺或絞殺，毒殺這種情況，犯人無須於事件發生的那一刻出現在現場。

犯人可以事先在食物或食器上下毒，或是將毒物交給想殺害的人，謊稱是藥物。像這樣自己吞下毒物而死，警方很難在事後判斷被害者是自行服毒、還是被他人下毒。」

「沒錯。所以我才會傷腦筋啊。」

「那麼，釐清事件的關鍵是什麼呢？」影山微微勾起嘴角露出笑容，然後突然提出了奇怪的問題。「話說回來，大小姐——您知道貓跟寶特瓶的共通點是什麼嗎？」

「啊？你問我貓跟寶特瓶的共通點……兩者都是『PET』嗎？」

聽了麗子簡潔的回答，「原來如此。」影山好像被殺得措手不及似地，發出讚嘆的呼聲。

「很棒的回答。大小姐豐富的想像力，令敝人影山欽佩之至。」

「咦，所以我說中了嗎？」

「不，您的答案跟我預想的不同。啊，還有裝水的寶特瓶可以用來驅趕電線桿旁的貓等等——這些也不是我想聽到的正確答案。慎重起見，請容我先聲明。」

「啊啊，我正想說這個呢！」

麗子當真懊惱不已。她是個討厭認輸，玩猜謎時無論如何都想答對的女孩子。

「等一下喔，影山。先不要講出正確答案……我一定要答對給你看！呃，貓跟寶特瓶，貓跟寶特瓶……」

「大小姐，很遺憾，時間到了。」

影山無情地這麼說完，便暫時打斷這個話題，轉而提出其他疑點。

「讓我們換個話題吧。關係人的證詞有兩派，包括健作先生最喜歡家貓小白，還有不怎麼喜歡小白。您知道這部分證詞的分歧，代表什麼意義嗎?大小姐。」

「那只不過是每個人的體會不同吧？」

「不，不光是這樣而已。重點在於健作先生『每晚都抱著小白睡覺』這一部分。因為每晚都抱著睡覺，家人才會覺得健作先生十分溺愛家貓。相對地，在每天通勤上班而不知此事的幫傭眼裡，健作先生卻不像是有多麼愛貓的樣子。是這樣沒錯吧？」

「的確，或許真是你所說的這樣——所以呢，你到底想說什麼？影山。」

「每晚抱著貓睡覺的理由，這才是重點。以健作先生的情況來說，理由不是對貓抱有深厚的愛情。他對貓並不怎麼眷戀。然而這樣的健作先生卻刻意每晚抱著貓睡覺。此舉最合理且最現實的理由，我幾乎只想得到一個。也就是說——」

影山豎起一根手指，堂堂正正地道出結論。

「抱著貓睡覺很暖和很舒服。既不用花電費，而且把身體弄暖入睡又不會感冒。健作先生抱著貓睡覺的理由恐怕就是這個。」

「咦，理由是這個嗎？」麗子一時之間愣住了，不過她越想越覺得影山說的沒錯。

「的確，貓咪的身體很溫暖。尤其在冬天，或許更是方便。」

「不過遺憾的是，桐山家的小白大約一週前失蹤了。」

「也就是說，這一個禮拜以來，桐山健作並沒有抱著貓睡覺囉。」

「正是如此。此外，今早突然變冷，氣溫降到了這一陣子的最低溫。不知道是不是因為這個緣故，今天健作先生好像有點感冒的樣子。所以用過早餐後，健作先生便吃了感冒藥獨自窩進寢室裡。不過，總是與他共寢的小白依舊下落不明。這時，他突然想到可以利用某個東西，於是付諸實行了。」

「你說的某個東西是什麼啊？」

影山彷彿攤開最後王牌般道出了那句話。「是寶特瓶。」

「在現場的那支吧。可是，裝了水的寶特瓶要怎麼用呢？」

聽了麗子的問題，影山露出深感失望的表情。「啊啊，大小姐直到現在都還是誤會了呢。健作先生在寶特瓶內裝的並不是普通的水。」

「啊？影山，你在說什麼啊？寶特瓶裡面裝的是水喔。鑑識組調查過了，所以錯不了的。剛才我不是這麼說過了嗎？」

「不，無論鑑識組的調查結果為何，健作先生帶進寢室的寶特瓶，裡面裝的並不是普通的水。」

「不要胡說八道了。如果不是水的話，那到底是什麼？」

面對麗子的提問，影山十分明快地回答：「是熱水。」

「熱水？」出乎意料的答案讓麗子一瞬間目瞪口呆。

不是水，而是熱水。雖然兩者在科學上是同一種物質，但熱水確實跟水不同。「不過，為什麼桐山健作要在寶特瓶裡裝熱水帶進寢室呢？是要喝嗎？」

「如果要飲用的話，應該會選冷水或溫茶吧？」

「說得也是。那麼為什麼會是熱水呢？」

「裝了熱水的寶特瓶，有個相當知名的使用方法。」

影山頓了一下，才開口說出答案。

「就是熱水袋的代用品。」

「熱水袋？啊，原來是這麼一回事啊！」

麗子總算明白了。「桐山健作為了取暖而抱著貓睡覺。那隻貓失蹤後，這回他打算拿裝了熱水的寶特瓶代替貓抱著睡覺。這下我終於懂了。『貓跟寶特瓶的共通點是什麼？』，剛才那道謎題的答案是『兩者都可以當成熱水袋的替代品』吧。」

「正確答案，大小姐。」

影山鄭重地行了一禮，向麗子表示敬意。

「不過，雖然我是有聽過基本原理，但寶特瓶真的能拿來代替熱水袋嗎？」

「是的。我聽說，實際上還滿多人拿裝有熱水的寶特瓶代替熱水袋，抱著睡覺。以柔軟的材質做成的寶特瓶裝入熱水時會受熱變形，導致熱水溢出。不過裝茶飲的寶特瓶耐熱性佳，就算裝進熱水也不易變形——只是！」

影山在麗子眼前豎起一根手指，恐嚇似地提出重大警告。

「慎重起見，請容我提醒您，寶特瓶終究不是暖氣設備。寶特瓶熱水袋並非原本的使用方式，所以絕不推薦您這麼做。如果大小姐執意要試的話，後果請自行負責。」

「我才不會這麼做呢！為什麼我非得抱著寶特瓶睡覺不可啊！」

麗子抱著自己的熱水袋大叫。順帶一提，麗子懷裡的是寶生家祖先代代相傳的白鐵製熱水龜。外頭被套上了布套，還加上了頭、腳及尾巴，整體造型看來就像隻小綠龜。看著這個熱水袋，麗子總算發現了。

「這麼說來，現場的床上有條黃色毛巾。那會不會是拿來包裹寶特瓶熱水袋的套子呢？」

「我認為事情就像您所猜測的一樣。既然都知道這麼多了，大小姐應該已經想像出神祕橡皮筋的用途了吧？」

「這、當然，那還用說。」

這麼說完，麗子連忙思考起來。橡皮筋嘛，嗯——……「對了！橡皮筋是拿來綁住包裹著寶特瓶的毛巾。只是把毛巾包起來的話，毛巾會在睡覺的時候鬆脫，所以必須用橡皮筋固定住。」

「不愧是大小姐，果然慧眼獨具。」

影山說著肉麻的奉承話，臉上露出微笑。

「那麼，根據剛才的解釋，健作先生把寶特瓶帶進寢室代替熱水袋使用就相當合理了。」

「是啊。如此一來，毛巾跟橡皮筋的用意也就很明白了。不過等一下，寶特瓶熱水袋要怎麼跟桐山健作的死亡之謎串起來呢？」

「是，這正是接下來才要進行的推理。」

銀框眼鏡底下，影山的眼眸變得更閃亮了。

「請您仔細想想，大小姐。假設健作先生窩回寢室之後，才突然決定自殺好了。自殺用的氰酸鉀也已經拿到手了。如果情況真的是這樣子，那麼，為什麼健作先生要用熱水袋的裡的熱水來吞下毒藥呢？」

「這……這個……」

「自我了斷的行為，對本人來說應該是神聖無比的儀式才對。相較之下，熱水袋裡的熱水，最普遍的用途，充其量是在隔天早上順便拿來洗臉。雖說這是唾手可得的東西，但是健作先生卻把熱水袋的熱水倒入茶杯裡，用來吞服毒藥！以自殺者的心理來說，這是極不合理的事情。」

影山緩慢地搖搖頭，然後以平靜的語氣道出結論。

「因此健作先生並不是自殺，而是被某個人下毒殺害了。」

6

面對屏住呼吸的麗子，影山接著解釋：

「如同風祭警部所猜想的，犯人恐怕在膠囊上動過手腳，摻進了氰酸鉀吧。健作先生在廚房裡將那個膠囊當成感冒藥吞服下去。然後他帶著裝有熱水的寶特瓶與橡皮筋回到寢室。寢室裡大概原本就有毛巾吧。他拿毛巾包裹寶特瓶，並以橡皮筋固定住，就這樣完成了一個寶特瓶熱水袋。接著，他抱著寶特瓶熱水袋鑽進被窩裡。可是在那之後不久，膠囊在胃中溶解，毒素蔓延全身，殺死了他。在臨死前的痛苦掙扎中，他很可能抓著寶特瓶、用力拉扯著包覆在外的毛巾吧。所以橡皮筋才會斷掉飛到牆邊，毛巾與寶特瓶也才會散落分開——」

「那是上午十點過後發生的事情吧。然後犯人怎麼了？」

「健作先生死亡後，犯人發現了他的屍體，並試圖將之偽裝成自殺。不過說的好像很難，其實也只是動點小手腳而已。犯人把裝氰酸鉀用的容器扔在現場，然後拾起掉在床邊的寶特瓶，將水倒進茶杯裡。只要這麼做，就能讓現場變成像是健作先生在寢室內自行服毒的樣子——說到這裡，您應該已經發現了吧。犯人的行動之中有個大失誤。」

聽完影山的問題，麗子馬上回答：

「犯人誤以為掉在現場的寶特瓶是拿來裝飲用水的，所以才會將水倒進茶杯裡。這就是犯人的失誤。」

「您說得是。」影山用力點了點頭，「而從這點便能找出殺害健作先生的真凶身分。」他隨即大膽地宣告：「此時應當注意的是嫌犯們的不在場證明。」

「不在場證明？」

麗子帶著訝異的表情反問。

「等一下，毒殺事件跟不在場證明無關吧。因為犯人可以事先在膠囊裡下毒……」

「不，我說的不在場證明，並不是關於毒殺的不在場證明。而是犯人將寶特瓶裡的水倒進茶杯時的不在場證明。請您仔細想想，大小姐。犯人在現場拾起寶特瓶之際，如果裡頭是很燙的熱水，犯人會誤以為那是飲用水嗎？」

「原來如此。撇開很燙的茶不談，很燙的熱水絕不會被人當成飲用水。不過，會不會因此察覺那是熱水袋就很難說了。」

「您說得是。可是犯人卻錯以為那是飲用水。換言之，犯人觸碰寶特瓶時，裡面的水已經不是熱水了。想必已經徹底冷卻，變成常溫的冷水了吧。」

麗子默默點了點頭。影山的推理總算漸入佳境。

「那麼，做出這種誤判的犯人是誰呢？這時就要看嫌犯們的不在場證明了。首先，桐山和明在上午九點前往國分寺的餐廳上工，然後外出採買。如果他在那之後也一直待在店裡的話，要對現場動手腳根本是不可能的事情。他不是犯人。」

「沒錯。那麼妻子貴子呢？」

「桐山貴子於上午十點跟鄰居太太一起出門練習茶道。如果她要對現場動手腳的話，那就是在健作先生死亡後不久，也就是在十點過後鄰居太太過來接人之前動手。可是，那時候寶特瓶裡應該還是熱水才對。貴子並不是犯人。」

「那麼女兒美穗也一樣囉。她在上午十點半跟朋友一起去學校。因為之前都待在屋裡，這段期間內她是有辦法對現場動手腳。不過在十點半的時間點上，寶特瓶內的水不可能冷卻至常溫。」

「我也有同感。這麼一想，有可能產生這樣的誤會的人物，只有健作先生死亡後數小時，仍舊留在桐山邸內的兩名女性。也就是桐山信子夫人或幫傭相川早苗兩者之一。」

「嫌犯縮小至兩人了呢。那麼真凶是誰呢？」

「辨別真凶的關鍵在於消失的白貓。這次事件是他殺，已經是顯而易見的事實了。這樣的話，大約一週前下落不明的白貓，應該就是犯人預先準備好的『自殺的藉口』。失去重要的家貓而意志消沉的老人突然尋死——為了讓眾人相信這種平凡無奇的故事，犯人把貓藏了起來。然後在事件爆發後，犯人立刻放走藏起來的貓。也就是說，大家以為行蹤不明的貓，其實還躲在桐山邸的某個地方。照這樣說的話，把貓藏在宅邸裡的會是誰呢？」

「通勤的幫傭辦不到吧。」

「如果是通勤的幫傭，她應該會把貓帶回自己家裡，再把牠丟得遠遠的才對。可是犯人卻沒有這麼做。說不定，她自己對小白也相當依依不捨，所以才會只把牠藏匿起來大約一個禮拜──」

「是啊。的確，事情似乎跟影山說的一樣呢。」

有了信心的麗子自行道出最後的結論：「犯人是信子夫人。」

「恐怕就是如此。信子夫人殺害了不肯脫手農地的丈夫，試圖用這筆遺產重振兒子的餐廳。」

像這樣結束了事件的解謎後，影山靜靜行了一禮。

麗子暗自讚嘆影山如常的敏銳。她心想，明天早上得要以關係人的身分重新審訊桐山信子了。

面對這樣的麗子，影山用討好的語調詢問：

「您覺得如何呢？大小姐。希望這番推理有助於您的安眠。」

「你說安眠？哪裡的話。」

披著睡袍的麗子，氣勢洶洶地從床邊起身，對管家下令：「影山，去準備宵夜。我今晚沒吃晚餐，肚子都餓扁了。對了，就吃寶生家特製的芡汁炒飯好了。」

「時間都這麼晚了……那個，您身體還好吧？我記得您不是感冒了嗎？」

「感冒？」麗子突然想起來似地將自己的掌心貼在額頭上。「這麼說起來，好像好了呢！」

原來如此，影山說得對，事件獲得解決似乎真的是最好的特效藥。

面對這樣的麗子，影山露出挖苦的笑容，行了一個禮。

「那真是再好也不過了，大小姐——」

第二話
請勿在這條河川內溺水

1

那是大學大道上的櫻花已過盛開期的時序。隨風飄舞的花瓣，宛如雪片一般灑落地上，連黑漆漆的柏油路面都被染成了可愛的粉紅色。在這般雅致的景象中——有輛車蹂躪著可愛的花瓣，在國立市的街道上疾馳。一輛全長七公尺的豪華禮車。這八成是這個城市裡格調最高，最華麗優雅，同時也是最細長的自用車了。那是住在國立市內的世界級大富豪・寶生家所擁有的凱迪拉克。如果在國立市遇見了凱迪拉克豪華禮車，最先聯想到的總是寶生家。

在這輛豪華禮車的駕駛座上，握著方向盤的是侍奉寶生家的司機兼管家・影山。他斜眼看著街上隨處可見的櫻花樹，同時以一本正經的語氣朝著身後說道。

「大小姐，您看看，好漂亮的櫻吹雪啊。」

可是後頭卻無人回應。影山透過後照鏡窺探車廂的情況。坐在後座上的寶生家獨生女・寶生麗子，手指按著發疼的太陽穴，就這樣低著頭，簡短地回答：「——不用了。我再也不想看什麼櫻花了。」

麗子使性子似地左右甩甩頭。她身穿黑色褲裝、配上裝飾眼鏡，一頭長髮綁在後腦杓，打扮得非常樸素。這是麗子工作時的固定裝扮。麗子的職業是警官。儘管身為富豪千金，她卻是在國立市警署上班的現任刑警。也就是公僕。

「啊啊，可是……我也真是的。」

麗子在後座抱頭回想昨晚的失態。

地點是在吉祥寺的井之頭公園。在這個季節裡，相較於東邊的上野公園，位於西邊的井之頭公園更受人青睞，那是許多學生、上班族、工人、公務員、亂七八糟的鬼魅魍魎都集中在此，龍蛇雜處舉杯暢飲的賞花聖地。

不可免俗地，麗子也跟大學時代的社團朋友一起來到了這充斥著賞花客的公園。在盛開的櫻花下，麗子與老友們圍坐成一圈以啤酒「乾杯！」，接著又就著燒酒「乾杯～～！」。等到拿起日本酒「乾杯～～！」時，麗子已經口齒不清了。在心情回到了天不怕地不怕的學生時代的同時，她也忘了自己現今所從事的職業。

不過另一方面，滿是賞花客的公園內，也是醉漢與失控的年輕人們大發酒瘋的混沌空間。對年輕女性做出踰矩行為的男性多如過江之鯽。

出現在麗子面前的，是個看起來像學生，渾身散發酒氣的輕浮男。

一起來喝嘛，大姐——那男人厚著臉皮地逼近過來。麗子三番兩次地揮開他的髒手，到了第四次時，麗子緊抓住他伸來的右手，宛如擰抹布般猛力一扭，「嘿！」地大聲吆喝，同時將男人朝後方拋擲。輕浮男一瞬間飛上半空中，畫出漂亮的拋物線，一頭栽進了井之頭池塘裡。

瞬間周圍一片死寂，不久湧現出歡呼聲與掌聲。麗子則是回以勝利手勢，不知是否誤會了現場的情況。而那些驚慌失措的朋友們，連忙抱著她離開公園。

之後的事情，麗子全都不記得了。醒來時麗子已經躺在寶生家的床上。掉進池子裡的輕浮男在那之後怎麼了，這點連她自己也不曉得。

因為這個緣故，今早麗子很怕打開電視看新聞……

所幸，並沒有任何電視臺在報導「井之頭公園發現浮屍！」的新聞。昨夜的遭遇，似乎在麗子與夥伴們的通力合作下，成了一場「完全犯罪」。不過——

「那可不是現任警官應有的行為呢……」

討厭的記憶與宿醉讓麗子揪起臉來。彷彿要安慰她似的，「請您放心，大小姐。」駕駛座上的管家鄭重地開口。

「就算那名被害者出面指控，要求追究大小姐的責任，令尊清太郎老爺也會竭盡全力，把大小姐寡廉鮮恥的行為像是搓丸子一樣搓掉。大小姐根本無須擔心大難臨頭。」

「啊，對喔。」麗子放心地抬起頭來。「聽你這麼一說，我的確沒必要煩惱嘛。因為我爸爸是有錢人——你是白痴嗎！」

麗子痛罵管家，「問題不在這裡！」然後不耐煩地在座位上翹起了腳。「影山，你好像根本就沒那個意思安慰失落的我嘛。明明可憐的大小姐正陷入自我厭惡的漩渦之中……」

「這也沒什麼，任誰都難免會在酒會上做出一、兩件寡廉鮮恥的行為啊？」

「我說啊，你不要老是把『寡廉鮮恥的行為』掛在嘴巴上啦！這樣反而更讓人受傷！」

遵命，影山帶著表面慇勤但實則無禮的態度回答。本應是忠僕管家的這個男人，竟然毒舌痛批身為大小姐的麗子，如今已成了寶生家日常生活的一部分。

「話說回來，大小姐，已經能看到多摩川了。現場差不多快到了。」

「不用你說，我看也知道是多摩川。找個適當的地方停車吧。」

麗子從窗戶望向晨光下閃閃發光的多摩川河面。這是一幅令人心情平靜的祥和光景，不過根據今天早上接獲的通報，這條河沿岸附近似乎發現了離奇死亡的男性屍體。

影山把豪華禮車停在離現場有段距離的河岸道路上。如果搭乘這輛車直接抵達現場的話，那群為低薪所苦的調查員們將會萌生驚訝與嫉妒之心，導致現場警方士氣低落。

影山下了駕駛座，為麗子打開後座的車門。麗子僅在此時對他展露符合富豪千金風範的優雅微笑。「──謝謝。你可以回去了。」

「期待您大顯身手。」影山也恭敬地低下頭。「請您事後再沉浸在自我厭惡之中。當您注意到在現場以平常的大小姐之姿，光明正大擺出旁若無人的態度是否恰當之後。」

「也對，我會這麼做的──啊？」你剛才說了什麼？

無視目瞪口呆的麗子，影山帶著清爽的表情回到了駕駛座上。一瞬間之後，豪華禮車大肆散播著廢氣與塵埃，飛也似地逃離麗子身邊。

獨自被留下的麗子後知後覺地揮舞著拳頭，對遠離的豪華禮車大叫：

「誰旁若無人啊！你知道我在現場有多麼客氣嗎！」

撫過河面的春風，抹去了麗子悲痛的叫聲——

2

事件現場位於國立市與立川的交界一帶。大批巡邏車與警官湧進了分隔河岸與住宅區的一條堤道。周邊圍繞著兩、三層從附近跑來看熱鬧的民眾。麗子撥開人牆抵達了現場。

麗子一穿過印有「KEEP OUT」字樣的黃色封鎖線，眼前馬上出現制服巡警。麗子套上白色手套，同時警戒似地環顧著周圍。

「——風祭警部呢？」

在這邊。這麼說道，巡警便把麗子帶到堤道旁的小草叢。大約三塊榻榻米大小的空間裡，高及成人腰際的草木繁茂生長。草叢後方似乎是陡峭的斜坡，前方可以看得到寬廣的河岸。

麗子往草叢內窺探。老實說，除了拿來丟棄壞掉的電視以外，這個空間沒有任何利用價值。結果不出所料，她的視線前方出現了一臺非法棄置的電視。旁邊則是一名遭到非法棄置的年輕男子。男人呈大字型仰躺在地上，一動也不動。他已經死了。

麗子嚇了一跳。不是因為看到屍體的關係。在這方面麗子可說是累積了身經百戰的經驗。她驚訝的是那具屍體穿著刺眼的白色西裝。就麗子所知，國立市周邊只有一個人擁有如此異常的衣著品味。

知名汽車製造商「風祭汽車」的少爺，國立市警署引以為傲的精英刑警。同時也是麗子直屬上司的他。

「風風風風、風祭警部！」麗子瞬間理解了一切。「啊啊，終於……」

「什麼『終於』啊？小姑娘。」

聽到背後傳來呼喚，麗子忍不住「哇啊！」地發出沒形象的叫聲。然後她再度瞬間理解了一切。仔細一想，風祭警部才不可能那麼輕易就死掉。

麗子若無其事地轉身，帶著最完美的假笑向上司打招呼。

「您在這裡啊，警部。總覺得有點失望──不，是鬆了口氣。」

「唔，我姑且就不過問妳是誤會了什麼吧。」

對於警部貼心的關懷，麗子感激地行了一禮。然後她重新觀察起屍體。

年紀大概二十五歲以上。五官端正，肌膚晒得黝黑。不知道是不是朝露的關係，染成棕色的頭髮溼答答地貼在額頭上。體格不胖不瘦，缺乏特徵。不過，獨特的衣著品味倒是為這個男人增添了不少特色。西裝的顏色如同之前所說明的，搭配上紫色襯衫，以及紅色的襪子。腰帶跟鞋子不曉得是蛇皮還是鱷魚皮製的，總之就是散發著爬蟲類的色彩。

比較過自己的白色西裝與屍體的裝扮後，警部突然揪起臉來。

「妳該不會把這個被殺害的男人誤認成我了吧？」

「…………」您的推理真是一針見血啊，警部。這是十分有可能的事情！

儘管這麼心想，麗子還是顧慮著上司的顧左右而言他。「不過，這名男性可以視為他殺嗎？乍看之下並沒有顯著的外傷呢。」

「這倒也是。好像也不是被勒死的，難道又是毒殺嗎？」

受到警部的發言刺激，麗子將臉湊近屍體。剎那間，微微的酒精味竄進她的鼻腔裡。看來這名男性死亡前似乎喝了相當多的酒。如果是急性酒精中毒的話，那就不是他殺，而是單純的病逝了。

「也罷。總之，要查明死因不是我們，那是醫生的工作。」

風祭警部停止追究死因，接著檢查屍體的口袋。西裝胸前的口袋裡搜出了皮革製的黑色長皮夾。不過裡頭的現金全都不翼而飛，卡片之類的也被搜括一空。只有醫院的掛號證還留在錢包裡。

警部像是炫耀唯一的功勞似地高聲念出寫在上頭的名字。

「石黑亮太啊……這傢伙到底是什麼人呢？」

此時，彷彿呼應警部的自言自語般，麗子等人背後傳來聲音。

「如果是石黑亮太的話，那我知道。如您所見，那傢伙是個小混混。」

回頭一看，在那裡站著一名制服巡警。他年紀還很輕，大概跟麗子差不多大吧。銳利視線帶有強烈的正義感，粗大的眉毛給人一種認真的印象。

「你說小混混——這是什麼意思？」警部向巡警問道。

「是，其實石黑這個男人，打從學生時代起就是大家都拿他沒轍的惡棍，在地方上小有名氣……」

「不，等一下，我不是在問這個。」警部將自己的臉湊近年輕巡警，露出令人毛骨悚然的笑容。「你說『如您所見，那傢伙是個小混混』，這句話是什麼意思？莫非，你是說我這身Armani西裝打扮，看起來很像小混混嗎？」

警部會生氣也不是沒道理的。的確，被說成小混混也太悲哀了。至少該說黑道角頭大哥吧。不過不管怎麼稱呼，看起來肯定不像警官就是了。

觸怒了警部的年輕巡警嚇得當場直打哆嗦。

「我我我、我絕無此意……如如如、如您所見，石黑打扮得非常風流倜儻，可是這男人卻十分遊手好閒，時常出沒在立川車站周邊。我還在想最近怎麼都沒看到他，結果居然是像這樣死於非命……」

「唔，這樣啊。」警部暫時收起怒氣的矛頭，重新詢問巡警：「話說回來，在這草叢中發現屍體的是誰呢？」

巡警背脊挺得筆直，回答道：「是個姓芝山的年輕男性。那個，該怎麼說呢？其實這個男人跟石黑也是半斤八兩……」

過了一會兒，一個穿著豹紋運動服配上紫色外套，以及灰色——乾脆說老鼠色還比較適合的工作褲的男人，出現在麗子他們面前。原來如此，這個人確實擁有跟石黑亮太不相上下的怪異品味。

在傻眼的麗子等一行人的面前，那男人突然把下巴往前一挺。他似乎是想以此代替打招呼的樣子。

「我是芝山悟。找我有什麼事啊？刑警先生。我可沒做什麼壞事喔。」

開口說話的芝山悟有張方臉，還剃了個小平頭。外表看起來給人一種孩子王原封不動直接長大成人的感覺。他兩手插在褲子口袋裡，聳起雙肩，一副想找刑警們吵架的樣子。不過他越是虛張聲勢，就越是藏不住他內心的恐懼。

「喔，你就是芝山啊。」警部以鄙夷的視線瞥了男人一眼。「那就先請你告訴我們發現屍體的經過吧。你是幾點左右發現的呢？」

「這個嘛，好像是上午六點半的時候吧。」

「喔，你起得還真早啊。」警部納悶地皺起眉頭。

「反啦，反過來啦。」芝山悟搖了搖頭。「那時候我剛結束深夜道路工程的打工，正準備要回公寓睡覺，當我獨自走在這條堤道上時，剛好看到那邊的草叢——」

「棄置著一具屍體是吧。」

「不，是棄置著一臺電視。不過啊，現在這個年代撿電視回去也沒意義了。想著想著，我突然看到有個打扮得爆帥的男人倒在旁邊。沒錯，就像刑警先生一樣超時髦的——奇怪，我說錯什麼了嗎？」

「不、不，算了。沒什麼，你不用在意……」

被身穿紫色外套的芝山悟稱讚自己的打扮，警部似乎陷入了複雜的情緒之中。接替意外受到過度盛讚而藏不住心中動搖的上司，麗子繼續發問：

「看到倒在草叢裡的男人時，你是怎麼想的？」

「一開始我以為只是個醉鬼在睡覺。畢竟這季節常發生這種事情。我心想這真是太幸運——不對，這真是太危險了，於是試著靠近男人觀察情況，可是我怎麼看都覺得不對勁。男人一動也不動，而且還聽不到呼吸聲。仔細端詳那男人的臉後，我嚇了一跳！這不是石黑大哥嗎！」

「咦？你認識石黑亮太先生嗎？」

「豈止認識，他是我交心的大哥啊。我受了大哥很多照顧，他好幾次帶我去喝酒，還給我零用錢，對了！這件豹紋運動服跟紫色外套也是大哥給我的喔。」

「啊、啊啊，是這樣啊……」看來怪異的品味似乎是小弟從大哥身上承襲而來的。

「順帶一提，這件灰色褲子是我自掏腰包買的。」

「……是喔。」這種情報不重要啦。「那麼發現石黑先生死了之後，你做了什麼呢？」

「當然是用手機打一一〇報警啊。就只有這樣而已。」

「真的嗎？」風祭警部從旁插嘴說：「你沒有把錢從錢包裡抽走嗎？」

「才沒有呢！要是這麼做的話，我會被大哥宰掉的！」

「放心吧。死掉的大哥不會來追殺你的。」警部提出精準的建言。「話說回來，你知道石黑先生有得罪過誰，或是跟誰起過爭執嗎？」

「這個嘛，或許有吧，可是我也不太清楚。只是最近大哥手頭好像突然變得很寬裕。」

「喔，是中了彩券嗎？」

「不是啦。聽說有個遠房親戚的叔叔，那個人很照顧他的樣子。那個叔叔八成是好野人吧。對了，那人好像家住在成城。我記得大哥曾經說過，那人住在很好的地方。」

說到成城，那是時髦奢華的宅邸櫛比鱗次，上流社會的居民們熙來攘往的高級住宅區。以立川車站周邊為地盤的小混混，鮮少會去那種地方。

「話說回來，刑警先生，石黑大哥為什麼會死呢？是被誰殺死的嗎？」

面對這個問題，風祭警部只能簡短地回答：「這點還不清楚。」

於是芝山悟也同樣淡淡地應了聲：「是嗎？」

結果，他究竟對大哥的死抱有多少哀悼之意？麗子也無法肯定。

不久，驗屍開始，關於石黑亮太之死的詳細原因逐一揭曉。負責驗屍的山羊鬍法醫首先針對死亡時刻自信滿滿地這麼說：

「從死後僵直與體溫降低的情況等等看來，推測死亡時間應為昨晚七點到九點之間的兩個小時。這點幾乎是錯不了的。」

不過提及死因時，法醫突然含糊其詞起來。

「死因是嗎？這個嘛，雖然還沒解剖之前無法確定，但是從壓迫屍體的胸部時可以看到鼻孔冒出細微泡沫這點看來，這男人的死因……八成是溺死吧。」

「……溺死？」麗子忍不住尖聲怪叫。

「在陸地上？」警部也瞪大雙眼露出驚愕的表情。

兩名刑警面面相覷，然後不約而同地將視線投向堤道另一邊。展現在眼前的是雜草繁生的廣大河岸。更遠處就是多摩川。

雖然有為數不少的人在多摩川裡溺水，可是，在陸地上卻鮮少有機會見到溺死的

屍體──

3

當天下午，麗子跟風祭警部乘著巡邏車，一路疾駛往東京世田谷區的成城。負責駕駛的是麗子。從國立市的現場開車到成城，利用一般道路的話，單程大約四十分鐘左右。目的當然是為了找芝山悟所供稱的「石黑亮太的叔叔」問話。不過，這號人物是否真的存在，他們也還沒找到足以證實的證據就是了。

副駕駛座上的警部斜眼看著高雅的街景，同時嘆著氣輕聲說：

「接下來，重點是該如何找到目標人物吧。我可不喜歡枯燥無味的打探工作啊……」

講究排場的風祭警部，基本上不喜歡這類靠著雙腿走訪的樸實搜查。討厭的東西就是討厭，對於能夠堂堂正正說出這種話的警部，麗子有時感到很羨慕。她自己也不是個喜好單調作業的人。就在這時，麗子突然想到一個好辦法。

「啊，那裡有警署，警部。到那裡問問看吧。」

麗子把車停在成城警署前。「啊，警部可以站在車子旁邊嗎？」

啊？警部疑惑地歪著頭。麗子把這樣的警部留在車子旁，獨自往戒備森嚴的建築物走去。她向手持木刀、直挺挺地站在玄關前的中年警官搭腔。表明自己是國立市警署的刑警後，麗子便悄悄指一指巡邏車問道：

「您看，那裡有個身穿白色西裝的小混混對吧。您認得他嗎？」

「嗯？不，我不認識。」中年警官搖了搖頭。「不過，這條街上最近倒是常看到做那種奇怪打扮的小混混。他們是兄弟嗎？」

「沒錯，就是你說的那個男人！」雖然他們並不是兄弟啦，麗子在心中偷偷的吐舌頭。「您知道那個小混混常在哪邊的住宅出入嗎？」

「確切位置我不清楚，不過好像常在五丁目附近看到他。」

麗子道過謝後，便帶著滿臉笑容回到車旁。「警部，我查到了！」

「是嗎？雖然不知道妳是怎麼問的，但似乎是有所收穫的樣子。幹得好，寶生！」

「不，我並沒有做什麼值得誇獎的事情……」麗子心懷愧疚地搔著頭，鑽進了駕駛座。「總之在成城五丁目，去看看吧。」

麗子單調無味（？）的打探奏效了，兩名刑警總算查出了目的地的住宅。

掛在門柱上的門牌寫著「神崎」二字。根據方才向路上行人打聽的結果，神崎家似乎是個資產家家族，代代都在當地從事不動產買賣的樣子。原來如此，的確很有資產家的味道。這個家被厚重的門扉與高聳的紅磚圍牆保護著，是一棟兩層樓的豪宅。

「好氣派的家啊。」風祭警部抬頭仰望著建築物輕聲說。「雖然還比不上我家就是了。」

「房間數量似乎也很多呢。」麗子也讚嘆著說，同時在心中低語：可是還比不上我家啦！

警部透過對講機傳達來意。過了不久，一名中年婦人走出宅邸，為兩人開門。婦人自稱神崎佐和子。雖然神崎佐和子以周到的禮數接待兩名刑警，卻唯獨不能容許停放在門口的巡邏車。因為這實在是太不體面了。

「可以麻煩您把車停到這裡嗎？」

在佐和子的催促下，麗子把巡邏車開進了建地內的停車場。

那裡矗立著三棵已過盛開期的高大櫻花樹，底下停放了兩輛車子。其中一輛是全黑的賓士，另一輛則是國產的黃色小型汽車。散落的櫻花花瓣在兩輛車的車頂與引擎蓋上積了厚厚一層，幾乎已經到了難以辨識出車體顏色是黃色或黑色，還是原本就是粉紅色的程度了。

麗子把巡邏車並排在兩輛車的旁邊。

佐和子帶著兩名刑警前往宅邸的接待室。等了一會兒，一位中老年的男性接替佐和子出現了。那男人體格魁梧，看起來很適合坐在董事的椅子上。

「在下是神崎正臣。」男人發出渾厚的低音，並且低頭致意。「聽說兩位來自國立市警署是嗎？兩位找我究竟有何貴幹？」

「其實我們是想請教您關於石黑亮太這個男人的事情。」

「…………」聽了警部所說的話，神崎正臣臉上瞬間閃過動搖的神色。「石黑亮太是我的遠親，他做了什麼嗎？啊，難道是犯罪了？到底發生了什麼事？」

石黑亮太似乎在這個家裡也被當成害群之馬的樣子。警部立刻搖了搖手。

「不是的。請您冷靜下來聽我說。今早石黑亮太被人發現陳屍在國立市多摩川沿岸的堤道上。據推測，他可能是被人殺害了。」

警部淡淡地陳述事實。神崎正臣表情愕然地聽他說。

「石黑死了……您說是被殺死的？為什麼……到底是誰呢？」

「不知道。我們來到這裡就是為了調查真相。」

「是嗎？那麼，已經確定是他殺沒錯嗎？」

「是的，從現場情況看來，死者不像是自然死亡，更不可能是意外或自殺身亡。我想應該是可以視為一起殺人事件。請您務必協助調查。」

以不容分說的語氣說完，警部立刻開始進行訊問：「聽說您最近經常給予石黑先生多方照顧。這是為什麼呢？」

「不、不為什麼，畢竟他是親戚啊。如果只是來玩的話，我當然歡迎。我會請他吃飯，也會留他過夜。這種事情很平常吧。」

「的確，如果只有這樣的話。」風祭警部露出了彷彿想要敲詐動搖的對手一般的笑容。「那麼，給錢也是很平常的事情嗎？」

「沒、沒有啦，說給錢也只是零用錢的程度。金額沒什麼大不了的。」

姑且不論金額的多寡，神崎給石黑錢似乎是不爭的事實。承認此事的神崎後悔似地稍微揪起了臉。

「我明白了。」警部滿意地點了點頭。「話說回來，最近您可曾去過國立市一帶呢？」

「沒有。我也沒去過多摩川喔。去了也沒意義。」

「是嗎？那麼昨晚七點到九點之間的兩個小時，您人在哪裡做些什麼呢？——唔，這是在調查不在場證明嗎？當然沒錯，這就是在調查不在場證明！」

風祭警部彷彿捧出挑戰書一般，故意直言宣告。不過聽了他這句話之後，神崎正臣卻咧嘴一笑。

「如果是昨晚七點到九點的話，當時我找了朋友來開家庭派對呢。雖說是派對，但也只是在院子的櫻花樹下辦一場烤肉大會罷了。簡單來說就是在自家賞花。昨天是妻子五十歲生日，所以也算是順便慶生。是的，我找了五、六個好友熱熱鬧鬧地慶祝一番。不是只有我喔，我們家四個人全都參加了。要不然，需要我把昨晚招待的客人叫什麼住哪裡全都告訴您嗎？刑警先生。」

形勢逆轉了。神崎正臣驕傲地挺起胸膛。另一方面，風祭警部面露不快的表情，一句話都說不出口。

「因為那傢伙表現出內心動搖的樣子，我還以為能夠一舉攻陷呢……」

神崎正臣離開後，風祭警部在接待室內心有不甘地嘟噥著。「可惡，我猜錯了嗎！」

警部的手中，握著昨晚派對的參加者名單。列在名單上的來者頭銜有公司經營者、公務員、醫生，律師，以及推理作家等等，個個都是大有來頭的人物。為了慎重起見，還是有必要逐一清查，不過基本上這份名單不可能是瞎編的。

「可是警部。」麗子推了推裝飾眼鏡說道：「即便神崎正臣是清白的，我認為他還是有點可疑。石黑只是他的遠親，他卻還是給他錢，想必這其中有什麼理由。」

「嗯，我的想法也跟妳完全相同呢，寶生。」

「…………」警部，說謊的小孩長大會作賊喔，您在警察學校裡沒學過嗎？

承受冰冷視線的風祭警部掩飾什麼似地端正姿勢。

「這麼說來，神崎正臣或許被石黑抓住了什麼把柄也說不定。如果是這樣的話，這就是充分的殺人動機了。不過關於殺害方式，還真叫人想不透啊……」

「您是說在陸地上溺死是吧……」

這時傳來敲門聲，接待室的門隨之開啟，一對年輕男女探出頭來。男的名叫神崎祐次，二十五歲。女的名叫神崎詩織，二十一歲。兩人是神崎正臣與佐和子生下的子女。神崎家是父母及兩名成年子女所組成的四人家庭。

據說神崎祐次在父親經營的公司擔任社長助理。另一方面，詩織則是今年四月剛升上大學四年級的在學女大生。對於突然跟素昧平生的刑警會面，兩人都藏不住心中的困惑。兩人戰戰兢兢地在刑警們面前的沙發上坐下。

「兩位或許已經聽說了，石黑亮太先生遭到殺害了。」

說完這段開場白後，麗子便開始提問。「方便告訴我，你們所知道的事情嗎？在你們眼裡看來，石黑先生是怎麼樣的人呢？」

「什麼怎麼樣，就是遠親啊。畢竟爸爸是這麼說的。應該就只有這樣吧。」

祐次冷淡地回答，彷彿沒有把石黑這個人放在眼裡。他似乎不會為石黑的死感到惋惜的樣子。不過立川的遊手好閒之徒跟成城的資產家之子，彼此水火不容也是很自然的事情。

「石黑先生總給人一種可怕的印象。眼神也很凶惡，感覺好討厭。」

詩織比祐次更坦率地說出她對石黑的厭惡感。不過立川的遊手好閒之徒跟成城的資產家千金彼此水火不容也同樣是很自然的事情——

話雖如此，單單只有厭惡感，也不可能釀成殺人事件。他們能否視為嫌犯還無法判斷。總之，麗子姑且先詢問他們昨天發生的事情。

「聽說昨晚府上開了家庭派對，兩位都有參加嗎？」

於是祐次與詩織兄妹表現出不置可否的曖昧態度。

「您是說賞花的事吧。一開始我跟詩織都在場喔。不過畢竟受邀的客人是爸媽的朋友。我和詩織跟他們的年紀相差太多，根本談不來。我們很快就覺得無聊，所以看準時機就偷偷從派對上溜走了。之後我們回到屋內，各自待在自己的房間裡。」

「喔，也就是說。」風祭警部從旁插嘴，提出多餘——不，是更精確的問題。「你們在晚上七點到九點之間沒有不在場證明，是這樣沒錯吧。」

「不在場證明？」詩織突然面露怯色，轉頭望向身旁的哥哥。「這是在調查不在場證明嗎？所以說，我們被懷疑了嗎？」

「看來似乎是這樣。」祐次表現出戒備的態度。

「不，我們絕不是在懷疑兩位……」警部這時再解釋已經太遲了。

「沒關係，您大可以懷疑。」

祐次擺出強硬的姿態。「不過刑警先生，事件是發生在國立市對吧。既然如此，我是不可能殺人的。的確，晚上七點到九點之間我不是一直都待在客人面前。派對開到一半我就窩進房裡了。可是我不是一直都自己一個人。中間我跟賞花的人們打過好幾次照面。偶爾我會回烤肉區拿東西吃，去上廁所的途中也碰到過一位客人——事情就是這樣。」

「換句話說，你一直都待在這個家裡囉。」

「沒錯，這樣的我不可能前往多摩川的堤道上殺人。」

犯行並不是在多摩川的堤道上發生的。沒有人能夠讓石黑亮太溺死在陸地的堤道上，犯案現場另有他處，不過麗子也很難判斷警部是否察覺到了這點。

「唔，原來如此。」警部簡短地點了點頭後，便將視線轉向詩織。「那妳呢？」

「我跟哥哥不同，一直把自己關在房間裡，然後就這麼睡著了。我想我應該是沒有不在場證明，可是我跟事件無關。請您相信我，刑警先生。我不可能殺害石黑先生的。」

雖然從詩織的主張中，可以充分感受到她的拚命與認真，可是要證明清白，還欠缺具體關鍵。還不能把她從嫌犯之列中剔除，麗子心想。

風祭警部盤起雙臂，「原來如此，我明白了。」煞有其事地點了點頭，然後結束了對兩人的訊問。不曉得警部到底是明白了什麼。

總是在什麼都不懂的時候故意裝懂，他就是這種男人——

麗子跟風祭警部結束對關係人的訊問後，便踏出了神崎家的玄關。為了替兩人送行，神崎佐和子也尾隨在後。警部一邊走向停車的後院，一邊以若無其事的語氣詢問佐和子。

「話說回來，後院裡停了兩輛車呢。從昨天晚上到今天早上，有誰開著那些車出門嗎？」

警部發問的意圖很明顯。如果神崎家的某人涉入本次犯行的話，問題就是那個人要如何前往多摩川發現屍體的現場了。當然，自行開車前往多摩川的可能性最高。

「昨天晚上到今天早上是嗎？」聽了警部的問題，佐和子歪頭思索。「如果是那樣的話，今天早上我曾經開車外出。」

「夫人嗎？到多摩川？去做什麼？」警部犯了顯而易見的誤解。

「那個……我從來沒有說過我是去多摩川啊……」

「哎呀，對喔。」糟糕，風祭警部彷彿這麼說似地搔著頭。

這麼粗心的人，為什麼能夠拿得到警部的頭銜呢？這點對麗子來說也是個謎。

「我是去便利商店。」佐和子神情自若地接著說：「今天早上準備早餐時，我突然發現醬油用完了。我忘記昨天烤肉的時候就用完了。」

「所以夫人才會驅車前往便利商店吧。順便請教一下，這個家裡除了夫人以外，還有誰有汽車駕照呢？」

「駕照的話全家都有。所以今天早上我本來是想拜託外子或詩織去，可是因為看晨間脫口秀節目看得入迷了，兩人都回答『不想去』。最後我只好自己去便利商店了。」

「嗯?」麗子推了推裝飾眼鏡問。「您沒有拜託令郎嗎?」

「您說祐次是嗎?不,那孩子今天早上賴床,那時候還在被窩裡睡呢。」

聽完佐和子所說的話,麗子心中瞬間對神崎祐次產生些許疑念。

祐次會不會趁著深夜全家入睡後萬籟俱寂之時,自己驅車前往多摩川沿岸的現場呢?所以今天早上才會只有他起床起得晚了。這種想法難道太天馬行空了嗎?

正當麗子想到這裡的時候,電子音效的「My Way」突然響徹四方。停頓了一瞬間後,警部掏出手機。居然將法蘭克・辛納屈的歌曲用在最新型的智慧型手機上,不愧是我行我素的風祭警部。他炫耀著將手機貼在耳上。

「我是風祭……嗯、嗯……什麼!好,我知道了!現在馬上過去!」

警部收起手機,對眼前的佐和子行了一禮,「那麼夫人,我們還有急事,就此告辭了。」逕自向她道別。然後他臭屁地命令麗子:「走囉,寶生!」

話一說完,警部馬上朝著後院拔腿狂奔。無視鋪滿櫻花花瓣的兩輛車,警部迅速坐進巡邏車裡。麗子也連忙尾隨在上司身後。鑽進副駕駛座的麗子邊繫安全帶邊問:

「怎麼了?警部。事件有什麼新發展嗎?」

「啊啊,沒錯。石黑亮太的住處好像找到了,是離發現屍體的堤道有點距離的公寓。要衝囉,寶生!」

這麼說完,駕駛座上的風祭警部用力踩下油門。輪胎嘎吱作響的同時,車子急遽啟動。落在引擎蓋上的花瓣猛烈地隨風飄舞。載著兩人的巡邏車在險些撞上佐和子的情況下，衝出了神崎家的大門。

4

國立市南部，和泉住宅區旁的兩層樓木造建築。掛著「泉莊」看板的公寓前方，聚集了許多警官與幾輛巡邏車。在這之中，載著麗子與風祭警部的車以甩尾姿勢停進了巡邏車之列。兩人飛奔下車後，隨即在制服巡警的帶領下踏進其中一室。

那裡是一樓的一號室。入口處有面寫著「石黑」的名牌。

套房格局是三坪大小的一房以及廁所、浴室和小廚房，除此之外，還有個大約四分之一坪大的壁櫥，空間非常狹小。榻榻米上鋪著略髒且從未折過的被褥，很有獨居單身男性的味道。周圍散落著男性週刊雜誌與脫了不收的衣服。廚房裡有單身男性用以維持不健全飲食習慣的杯麵，及其吃光的麵碗。整體來說，就是個充滿單身男性生活氣息的空間。真不想在這裡呼吸，麗子認真地心想。

「看來石黑似乎沒有把神崎正臣給他的錢拿來打造舒適的居住空間呢，想必都花在吃喝玩樂上了吧——哎呀？您怎麼了？警部。」

「…………」風祭警部做出掩嘴的動作。他的臉眨眼間染成了紅色。

不久，彷彿已經忍耐到極限一般，警部衝向窗戶一口氣把它打開，「呼啊～～」往窗外吐出憋住的氣。看來他似乎受不了充滿房間的男人味，當真停止了呼吸的樣子。雖然能體會他的心情，但這行為實在是太亂來了。

「停止呼吸可是會死人的喔，警部。」麗子道出連小學生都知道的事實。

「我明白。」警部重重吁了口氣。「可是，纖細的我似乎不適合呼吸這房間的空氣。硬要說的話，我是屬於那種在美女的髮絲中深呼吸的人。」

「請不要說那麼噁心的話！這個……」

這個愛好女色的變態警部！麗子拚命憋住這句差點脫口而出的真心話。

「總、總之，石黑亮太遭到殺害的祕密或許就藏在這個房間裡也說不定。來找找看吧，警部。」

於是麗子與風祭警部仔細地巡視石黑亮太的房間。三坪大小的房間裡，能稱得上家具的東西只有電視、小桌子，以及彩色置物櫃而已。

麗子把頭探進去彩色置物櫃內部調查。

「哎呀？」麗子在櫃子裡發現奇怪的東西，於是伸出了右手。不過看了拿出來的物體後，麗子以失望的語氣說：「什麼嘛，是谷保天滿宮的御守啊。這也不是什麼多稀奇的東西……」

話說谷保天滿宮的御守，據說普遍到約半數國立市民都擁有一個，號稱是提升能力值的最強道具。就算是小混混，應該也會去拜拜求神保佑，順便拿個御守吧。這沒什麼好不可思議的——就在麗子這麼想的時候，遠處突然傳來上司的聲音。

「喂，寶生，過來一下！我有重大發現！」

麗子嚇了一跳，抓著御守挺直了背脊。不過麗子不是警部說什麼都照單全收的人。因為以他的情況來說，只要是自己親手發現的蛛絲馬跡全是「重大發現」。在心中打個對折後，麗子便衝向上司呼喚的方向。

那裡是浴室。警部蹲在浴缸旁專心地注視著排水孔，指著加裝在排水孔上的網狀蓋子，警部對麗子露出驕傲的表情。

「妳看看，寶生。妳知道這是什麼嗎？」

麗子仔細端詳著警部的指頭前方。網狀蓋子上纏繞著許多毛髮。在這之中，有個特別顯眼的綠色物體卡在上面。

「好像是植物呢……這是什麼呢……會是雜草嗎？」

「不是。」警部洋洋得意地抬起頭來。「這是水藻，在水中繁殖的水藻。」

「聽您這麼一說，看起來的確是這樣沒錯。可是，為什麼這種地方會有水藻呢？」

「哎，答案很簡單啊。說到這類水中植物大量生長的地方，這一帶就首推多摩川的水邊吧。畢竟國立市附近沒有海灣與湖泊嘛。也就是說，有大量多摩川的河水，被搬進了這間浴室。這些水中植物證明了這點。那麼，為什麼要把河水搬過來呢？當然是為了讓石黑亮太溺死了。」

警部站起身子，然後皺著眉頭繼續自己的推理。

「石黑亮太在多摩川的堤道上溺死了。雖然乍看之下好像是誰把河裡溺死的屍體搬到了堤道上，但實際上並非如此。石黑亮太根本不是在河川裡溺水，他是在自家浴室，也就是這個地方溺死的。當然，是犯人親手將他溺斃在此處。」

「也就是說，犯人企圖捏造案發現場囉。」

「沒錯，恐怕目的是想將事件偽裝成自殺或意外吧。犯人八成是被害者的熟人。犯人向被害者勸酒，讓他喝得酩酊大醉。然後犯人將事先準備好的多摩川河水帶進這間浴室，在這個浴缸裡……不，浴缸太費工了。不是浴缸也行，只要有一桶水就夠了。對了，比方說把那邊的塑膠水桶裝滿多摩川的水，接著把醉得不省人事的石黑亮太的頭壓進水桶裡加以殺害。之後再用車子把屍體運到多摩川，棄置在堤道旁的草叢裡——就是這麼一回事。」

「可是棄置在堤道旁的草叢裡，就無法偽裝成意外或自殺啊……」

「唔——這個嘛，途中大概發生了很多超乎犯人預期的事情吧。」

警部是一旦遇到癥結點就自動轉彎的人。話雖如此，警部的推理大致上還是有很多地方說得通。這次的風祭警部，或許會跟往常不太一樣也說不定。

「總之，實際犯案現場，十之八九就是這間浴室沒錯——喂，把這個塑膠水桶送交鑑識。要調查沾附桶內的水的成分。」

警部對調查員下完指示離開浴室後，這才注意到麗子手裡的東西。

「對了，寶生。妳是不是從剛才開始就一直寶貝地緊握著什麼？」

「咦？啊啊，您說這個啊。」聽他這麼一說，麗子總算才察覺到自己握著那個御守。「這是在彩色置物櫃裡發現的東西。」

「谷保天滿宮的御守啊。這東西沒什麼稀奇的。」

「是啊。」麗子大聲地隨口念出寫在御守袋上的文字：「這是十分常見的『祈求安產』御守……呃，祈求安產！」

「什麼，祈求安產？」警部也興致盎然地把臉湊近御守。

「好像是呢。這御守到底是要保佑誰安產呢？」

「唔，至少不會是保佑石黑亮太吧。」

「那當然。警部，請您不要開玩笑好嗎？」麗子隔著裝飾眼鏡稍微瞪了警部一眼。

「我又沒在開玩笑。」警部擺出擅長的聳肩姿勢。然後他抓起問題的御守。「──哎呀，裡頭好像放了什麼喔。」

風祭警部滿懷期待地將手指伸進御守袋裡。不久，他的指尖抽出了一張小紙片。紙片表面泛黃，感覺得出有段時日。攤開一看，上頭用藍色墨水寫了些小字。警部彷彿朗讀定食餐廳的菜單似地念出紙條內容。

「父親，神崎正臣……母親，石黑明子……長男，亮太……什、什麼！」

「咦咦？」麗子也忍不住望向警部手中。「父親，神崎……長男，亮太……」

「嗯嗯。」風祭警部呻吟似地說。「石黑亮太是神崎正臣的私生子啊！」

御守袋中突然冒出了意外的事實。不，是不是事實還沒有確切的證據可以證明。不過假使真是這樣的話，神崎正臣給予石黑亮太金錢上的援助一事，也能充分獲得解釋了。留在紙片上的親子關係可信度應該相當高。

麗子跟風祭警部只是目瞪口呆地面面相覷——

5

當天晚上，結束一天的繁忙業務後，平安回到寶生邸的麗子一味發著牢騷，

「啊——真受不了，我不想再做這種讓人喘不過氣來的打扮了——」

同時將拘束的成套褲裝脫掉。

等她摘下裝飾眼鏡，鬆開綁起來的頭髮，穿上粉紅色連身洋裝後，這副模樣不管怎麼看都像個富豪千金。跟數小時前還為了調查河岸上的屍體，東跑西跑四處奔走調查的麗子，簡直判若兩人，這點連麗子本人也覺得不可思議。

這樣的麗子，在寬敞的餐廳裡享用遲來的晚餐。以生醃沙丁魚片、扁豆番茄湯、

烤龍蝦等平凡無奇的菜餚填飽肚子後，麗子忽然心血來潮地對守在身邊的管家下令。

「今晚天氣好像很溫暖，我要去院子裡晃晃。影山，拿飲料過來。」

影山恭敬地行了一禮回答：「遵命。我馬上準備——」

過了一會兒，麗子坐在寶生邸庭院一角的躺椅上，啜飲著白酒。

寶生邸的庭院很大，植物種類也很豐富。有高大的松樹和楓木、杜鵑花叢、季節花卉盛開的花圃及玫瑰園。葫蘆池裡漂浮著大片荷葉。溫室裡也種了亞熱帶的稀有植物。聽說不久前庭院一角還發現了茄科的新品種——

不過在這個季節裡，為寶生邸的庭院增添最多光彩的當然就屬櫻花了。如今櫻花已過了盛開期，正逐步凋零當中。為了休養疲於工作的腦袋與身體，麗子讓全身浸浴在翩翩飛舞的櫻花花瓣之中。手裡的酒杯也飄落了一片粉紅色的櫻花花瓣。

「太棒了。」麗子看著高腳杯中的櫻花說。「在自己家賞櫻感覺特別美呢。」

麗子這麼說完，守在一旁的影山也露出沉穩的笑容點了點頭。

「的確，在這裡的話就不用擔心被醉漢纏上，也不會因為過度反擊而將對方推落水池。可以在不受任何打擾的情況下盡情賞櫻。」

「……嗚！」麗子心中瞬間激起漣漪，握著高腳杯的手更加用力了。

打擾人家賞花的是你吧！不要再提起昨晚討厭的記憶了！

麗子並未出口咒罵，而是輕睨了管家一眼。影山彷彿洞悉一切似的，顫抖著繃緊身體，馬上轉換話題。

「話說回來，大小姐，今早的事件怎麼樣了呢？在多摩川發現的屍體是自殺，還是意外身亡？再怎麼樣也不可能是他殺吧……」

「是他殺喔。」麗子這麼斷言後，便咕嚕咕嚕地大口喝著高腳杯內的酒。「多摩川的堤道上發現了溺死屍體。反正你已經知道了吧？透過脫口秀節目還是什麼的。」

「！」影山驚訝地推了推銀框眼鏡。「不愧是大小姐，真是明察秋毫。」

什麼明察秋毫啊——麗子露出傻眼的表情看著自己忠實的僕人。

這個名叫影山的男子雖然身為管家，卻對警方遭遇的離奇事件異常感興趣。他擁有優異的推理能力，多次憑藉著本身的聰明才智引導麗子等人解決手上的事件。在這方面，這男人確實相當有幫助，不過，如果可能的話，麗子希望可以不借助他的力量解決事件。那是麗子身為警官的堅持，也是身為大小姐的自尊使然。

「不過這次的調查很順利喔。的確，案情是很怪異沒錯，可是慢慢開始變得越來越明朗了。所以別擔心，沒有必要借助你的力量。而且這次風祭警部的推理好像也還滿順的……」

「您說風祭警部很順？」影山面露狐疑。「那該不會是危險的徵兆吧？」

「這麼說太失禮囉。警部偶爾也會……」不，等等。風祭警部的推理一路順遂，他的話接連說中了真相——過去曾發生過這種例子嗎？（不，一次都沒有！）「的、的確，影山說得或許沒錯。」

案子極可能成為無頭懸案的危險氣息瞬間飄散出來。被挑起不安的麗子，以缺乏端莊的動作一口氣喝光高腳杯內的酒。影山立刻將酒瓶內的酒倒進高腳杯中。然後他以帶來安心感的低沉嗓音在麗子耳邊悄聲說：

「大小姐，您不妨跟我談談這起怪異的事件如何？只要是為了大小姐，敝人影山自當不吝予以協助。」

「我、我知道了。」麗子乾脆地點頭答應。因為她認為與其讓事件成為無頭懸案，向管家低頭請託要來得好多了。「那我就從頭一一說起，你仔細聽了。被害者名叫石黑亮太。屍體是在多摩川沿岸的堤道上被人發現……」

麗子開始對影山解說事件的詳情。不知為什麼，總覺得好像有種被一流詐欺師給欺騙了的感覺——麗子不經意地這麼想到。

過了一段時間後——

講完風祭警部在石黑亮太的公寓中發表那番推理，然後從御守袋裡發現了意外的人際關係時，麗子的說明總算告一段落了。在麗子說話的期間，影山一直站在她身旁，幾乎不發一語地專心聆聽。

「怎麼樣？影山。剛才的部分有什麼不懂的地方嗎？」

影山緩緩點了點頭，對麗子提出了幾個問題。

「送交鑑識的塑膠水桶中驗出了什麼嗎？」

「不，水桶好像洗得很乾淨，什麼都沒有驗出來。所以我們採集了勾在排水孔的水藻、溼頭髮，還有積水等等，現在正送交化驗當中。如果從中發現了棲息河川中的微生物屍骸的話，案發現場就能確定是那棟公寓的浴室了。」

「原來如此。」影山面無表情地點了點頭，繼續提出其他問題。「話說回來，關於那個祈求安產的御守，那可以視為被害者母親持有的東西嗎？」

「嗯，錯不了的。聽說石黑明子從事特種行業維生，憑著一介女子之力把亮太扶養長大。這位明子女士大約半年前生病過世了。以下純屬想像啦，石黑亮太大概在整理過世母親的遺物時，發現了那個御守吧。然後他看到了藏在袋中的字條。」

「原來如此。於是他知道了自己的親生父親是名叫神崎正臣的人物。他查出親生父親現在的住處，開始進出那座宅邸。被抓住弱點的神崎正臣，只能任憑石黑亮太予取予求，不斷掏錢給他──這是極有可能的情況。」

「石黑亮太手頭突然變寬裕，原因也就在這裡吧。」

「可是，一定有人覺得這樣的他很礙眼吧。不，對神崎家所有人來說，他的存在應該很累贅才對。就連親生父親正臣也包含在內。」

「是啊。雖說是親生兒子，但正臣應該覺得石黑亮太的存在很棘手才是。不過話雖如此，他也不至於殺人吧。」

「很遺憾，在這個人心惶惶的社會裡，殺孩子殺父母絕不是什麼罕見的事情。」影山帶著難過的表情嘆了口氣。「比方說大小姐的父親，寶生清太郎老爺也暗中提防著大小姐，擔心自己沒有明天呢——呵呵。」

「『呵呵』你個頭啦，不要胡說八道！」

麗子迅速從椅子上起身，提出強烈抗議。不過仔細一想，父親清太郎和麗子的確很少見面了。雖然表面上看來，沒機會碰面是因為彼此都很忙的緣故，但是，說不定兩人的感情正不知不覺朝著親子關係惡化的方向發展當中……

不過也罷。寶生家親子關係的危機也不是今天才開始的。麗子把父親的事情擱在一邊，再度將話題拉回事件上。

「可是不對喔，影山。就算神崎正臣視石黑亮太為惱人的大麻煩，他也不可能是犯人。因為他在案發當晚有不在場證明啊。」

「原來如此。」影山佇立在高聳的櫻花樹旁冷靜地點了點頭。「案發的晚上七點到九點之間，神崎正臣找了朋友到自家開烤肉大會，所以他不可能殺害石黑亮太。您的意思是這樣吧？大小姐。」

「沒錯，你很清楚嘛，影山。」麗子走到管家身邊。

「恕我冒昧，大小姐。」於是影山以如常的口吻做了這段開場白後，便從眼鏡底下對麗子投以憐憫的眼神。「看來大小姐似乎看不清事實的樣子。」

啊？麗子疑惑地歪著頭。面對這樣的麗子，管家用手指扶著鏡框接著說道：

「我還以為，大小姐就只有眼睛比我好，看來似乎是我誤會了。居然連擺在眼前的提示都沒有發現……我真是打從心底對大小姐感到心灰意冷。」

咚！一瞬間高大的櫻花樹發出巨響，麗子的額頭傳來劇痛。櫻花花瓣紛飛飄落。過了幾秒鐘後，麗子才意識到自己的頭正面撞上了櫻花樹。

我怎麼會——？不，原因很清楚了。是影山冷不防脫口而出的惡言惡語所致。過於震驚的麗子一個站不穩，才會一頭撞上櫻花樹的樹幹。管家必須恪忠職守。然而這位問題管家卻抬頭仰望散落的櫻花花瓣，

「哎呀，好漂亮的櫻吹雪呢。大小姐也請看看。」

擺出一臉沒事人的表情說。彷彿沒看到蹲在櫻花樹底下的大小姐一般。

「影山～～」火冒三丈的麗子站起身子，惡狠狠地瞪著惡言管家。「你可真是好大的狗膽啊，最重要的大小姐頭撞到櫻花樹樹幹痛得不得了，你居然還有閒情逸致賞花。你才讓我感到心灰意冷呢。」

「不、不，我只是……」影山面露畏懼之色。

「不用解釋了！」麗子把臉逼近影山的臉。「話說回來，什麼叫做『只有眼睛比你

好』啊！不光只有眼睛，我的臉蛋、腦袋，還有純潔的心都還算不錯啦！」

「原來如此，您說得是。既然如此，我應該說只有眼睛比我差才對。」

「眼睛也不差！在五官之中，我對眼睛最有自信了！」

「是這樣嗎？」影山帶著惶恐的表情低下了頭。「可是大小姐自豪的雙眼似乎沒看到真相的樣子。明明提示就近在眼前了。」

「近在眼前是什麼意思啊？」麗子機械性地指向眼前。「——是指影山嗎？」

「不，很遺憾，我並不是提示。」

「我才不覺得遺憾呢。」

麗子猛力扭過頭去，看著矗立在旁邊的巨大櫻花樹。她的頭槌引發的櫻吹雪已然平息，周圍重新恢復平靜。

然後麗子突然意識到。自己的眼前是櫻花樹。這麼說起來，神崎家也有櫻花樹——

「提示是櫻花樹？的確，案發當晚神崎家舉辦了烤肉兼賞花大會。不過，這件事跟事件有什麼關係嗎？」

「不，跟事件有關的不是那邊的櫻花樹，而是神崎家後院裡，也就是大小姐您兩位停放巡邏車的停車場旁的櫻花樹。」

「聽你這麼一說，後院裡的確也有櫻花樹。可是那又怎麼樣呢？我倒覺得跟事件更沒關係了。」

「不，有很重要的關係。」

影山自信滿滿地斷言：「聽完大小姐的描述後，我對一件事感到很納悶。那就是大小姐將巡邏車停到後院時的情況。那裡有三棵大櫻花樹，底下停放著黑色賓士與黃色小型汽車。是這樣沒錯吧？」

「嗯，是啊。」

「而兩輛車的車頂跟引擎蓋都積了厚厚一層櫻花花瓣。」

「沒錯，那有什麼問題嗎？」

「問題可大了。這點非常奇怪。」

會嗎？麗子疑惑地歪著頭。影山對這樣的麗子投以嚴肅的視線。

「大小姐，請您仔細想想神崎佐和子的證詞。今早她發現醬油用完了，於是連忙驅車前往便利商店購物。這時她使用的是全黑的賓士？還是黃色小型汽車？這點連我也難以辨別……」

「當然辨別得出來啊！肯定是黃色小型汽車嘛。家庭主婦才不會開著全黑的賓士到便利商店呢！」

「這個嘛，我想大概也是這樣。」

影山依舊一副把人當傻瓜看的態度。「那麼，就以駕駛的是黃色小型汽車來進行推理吧。神崎佐和子今早坐上小型汽車，前往便利商店購物。此時堆積車上的櫻花花瓣應該會全部被風颳走，所以車頂與引擎蓋應該呈現乾淨的狀態才對。」

「這、這個嘛，的確，應該是會變成這樣才對……」

「可是同一天下午，當大小姐您兩位前往神崎家後院時，在那裡的卻是覆蓋著粉紅色櫻花花瓣的小型汽車了。這不是很不自然嗎？雖說現在是櫻花凋零的季節，但櫻花花瓣會在不過短短幾小時內就堆積的那麼厚一層嗎？」

「這、說不定真的會喔。比方說有誰像我一樣頭撞到櫻花樹幹，導致大量櫻花花瓣瞬間散落……」

「原來如此，這是有可能的事情。」

不知道是認真的還是開玩笑的，影山這麼說著咧嘴一笑。

「不過，如果短時間內有大量櫻花飄落的話，在同一地點停放更久——恐怕從前天晚上就一直停在那裡的黑色賓士應該會堆積更多櫻花花瓣才對。可是從大小姐的描述看來，我不認為兩輛車有那麼大的差距。」

「的確如此。黃色小型汽車跟黑色賓士上堆積的櫻花花瓣數量大同小異——所以這是怎麼一回事呢？」

麗子盤起雙手思考。其中一個可能性是「佐和子說謊」。她嘴巴上說開車去了便利商店，實際上卻沒有開車嗎？這樣的話，小型汽車上的花瓣就不會被風颳走了。因為跟旁邊的賓士條件相同，櫻花花瓣的堆積程度應該也會一樣才對。可是——

「佐和子說謊的可能性無須去考慮。」

影山搶先一步全盤否定麗子的想法。「這是因為佐和子是否駕車去購物可以透過便利商店店員的證詞，或是監視攝影機的影像加以確認。佐和子不可能撒這麼容易被拆穿的謊，而且她也沒有說謊的理由。」

「是啊。我也是正準備這麼說呢。」

嗯？這種剽竊他人推理的感覺跟某人好像……該不會是風祭警部吧？討厭，我做了跟風祭警部同樣的事情嗎？儘管對自己無意之間的行動感到羞愧，麗子好歹還是裝出平靜的樣子接著說：

「如果佐和子沒有說謊的話，那又是怎樣？這樣無法解決兩輛車上花瓣堆積數量的矛盾喔。」

「不，還有另一個合理的說法可以解決這項矛盾。」

影山在麗子面前豎起一根手指。「也就是在佐和子用完車後，有誰偷偷接近車子，然後故意把櫻花花瓣灑在乾淨的車頂跟引擎蓋上——也有可能會耍這種小伎倆。」

「故意灑上櫻花花瓣？究竟是為什麼要做出這種事情啊？」

「您不明白嗎？這是一種掩飾工作。」

「這、這種事情我當然知道啊。」原來如此，是掩飾工作啊。面對著管家，麗子下意識地不懂裝懂。「我是問要掩飾什麼。」

「我失禮了。」影山為自己的無禮道歉後，便莞爾一笑。

「一旦車子開動，車體上的花瓣就會全部吹散。相反地，若是車子繼續停在那個地方的話，花瓣便會越積越多。按照這種邏輯，這個偽裝應是為了營造出『車子並未開過』的錯覺。」

「營造出車子並未開過的錯覺……這話是什麼意思？」

「簡單來說，看到車頂上堆積大量花瓣的車子時，大多數人通常都會想到『啊啊，這輛車從很久之前就停在櫻花樹下了』。相反地，如果車頂上沒有花瓣的話，就會心想『最近有誰乘著這輛車去哪裡了』。不過這對犯人很不利。犯人不想讓任何人知道自己曾經偷偷開著那輛小型汽車出門的事實。尤其絕不能讓警察知道。所以在警察找上門之前，犯人才會故意親手將花瓣灑在小型汽車的車頂上──」

「等、等一下！」麗子忍不住打斷影山的推理。「總覺得……聽得一頭霧水……你說的犯人是什麼犯人啊？」

「當然就是殺害石黑亮太的犯人。」

「對啊，就是說嘛。這我知道。犯人很有可能是神崎家的人，而這個犯人想要隱匿偷偷用過車的事實，也是可以理解的──可是，我不懂。這個犯人為什麼會覺得需要做這種偽裝呢？就算車上沒有花瓣也不成問題啊。因為今早佐和子用過車子了──

啊，對了！」

麗子不由得大叫。影山見狀滿意地點了點頭。

「看來您終於明白了，大小姐。的確，如同大小姐所言，這個偽裝是沒有意義的。就算車上沒有花瓣，那也可以用『因為佐和子今天早上開過車』來解釋。可是犯人卻想不到這個解釋。因為，這位犯人不知道今天早上佐和子曾經臨時開車去便利商店的事實。而這樣的人，在神崎家中只有一個——」

這麼說完，影山以平靜的語氣道出了那毫無疑問的名字。

「那就是長男祐次。只有早上睡過頭的他，無法得知今天早上佐和子的行動。是的，他正是殺害石黑亮太的真凶——」

犯人是神崎祐次——影山這麼說了。的確，最有可能拿櫻花花瓣灑在車身上的人就是他。不過，可以就此斷言灑花瓣的人就一定是殺害石黑亮太的犯人嗎？總覺得這樣有點不合邏輯。

「神崎祐次根本不可能殺害石黑亮太喔。就算祐次再怎麼開快車疾駛，要在國立市的公寓殺了他，將屍體棄置在多摩川的堤道上，然後再回到成城的宅邸，都得要花上兩個小時左右。可是當天晚上七點到九點之間，在成城的宅邸裡，祐次曾屢次在受邀參加烤肉大會的客人面前現身。也就是說，祐次有不在場證明——這點要怎麼解釋呢？」

「啊啊，大小姐，這正是犯人的企圖。」

影山遺憾似地搖了搖頭。「如同風祭警部也說過的，只要有一桶水就能讓人溺死。即便那個水桶不在石黑的公寓，而是在成城的神崎家，那也沒什麼好不可思議的，不是嗎？」

「咦！」麗子不由得為之語塞。「——這麼說來，實際的犯案現場是神崎家囉？那麼出現在石黑公寓裡的水藻是？」

「那也是犯人神崎祐次做的掩飾工作。」

意料外的指摘讓麗子沉默下來。面對這樣的她，影山開始依序說明：

「昨天晚上，在神崎家的院子裡舉辦烤肉大會時，神崎祐次人在那間宅邸裡。可是同一時間，石黑亮太也在那裡。祐次大概用灌酒的方式，讓石黑喝得酩酊大醉吧。然後他將石黑的臉浸到水桶裡將他溺斃。也就是說，實際的犯案現場應該在神崎家，恐怕，就是祐次的房間。」

「那是昨晚七點到九點之間發生的事情吧。那麼，把溺死的屍體丟到多摩川的堤道上是什麼時候呢？」

「應該是神崎家的人都熟睡之後的深夜時分吧。當然，要搬運屍體的話，一定得要用到車子。這時使用的就是那輛黃色小型汽車。祐次將屍體搬上車後，便悄悄從神崎家出發。不久，他抵達了多摩川的堤道，然後將屍體棄置在那裡。」

「等一下。為什麼祐次要做出將屍體棄置堤道上這種不上不下的行為呢？既然都大費周章把屍體搬到那裡了，丟進河裡不就好了嗎？如此一來，或許就能偽裝成自殺或意外落水了呢。」

「祐次一開始恐怕真是這麼計畫的吧。不過，最後祐次卻放棄了這個計畫。為什麼呢？畢竟大小姐也是警官，您應該知道吧。屍體這種東西，遠比想像中要來得笨重，不易搬運。」

「啊啊，原來是這樣啊……」麗子瞬間理解了犯人的心情。

的確，屍體很重又不易搬運。電視劇裡殺人犯，總是輕而易舉地抱著屍體移動，可是現實世界中，沒有相當大的力氣的人，是辦不到的。

「神崎祐次大概也費了好一番功夫，才勉強把屍體搬進車裡吧。可是見到多摩川寬廣的河岸時，他不得不放棄了當初的計畫。因為實在不可能把屍體搬那麼遠到河邊去。這時，他執行了B計畫。」

「B計畫？」

「是的。這方法極為簡單。祐次用寶特瓶或是什麼容器汲取多摩川的河水，帶著它到石黑位於國立市的公寓。然後祐次將寶特瓶內的水灑在浴室裡，藉此將那個浴室偽裝成好像真正的殺人現場一樣。」

「原來如此。一切犯行都發生在國立市的公寓與多摩川附近——只要能夠讓警察這麼想，祐次就不會被列為搜查的目標。因為對他來說，案發當時他在相隔遙遠的成城家裡，這個不在場證明是成立的。祐次是這麼想的吧。」

「正是如此。」影山沉穩地行了一禮。「儘管計畫多少有些更動，神崎祐次還是勉強完成了犯行。他開車回到神崎邸，爬上自己的床睡著了。由於深夜從事重度勞動的關係，隔天早上他會睡過頭也是情有可原的。不過諷刺的是，這點卻導致他意外的失策。」

「你是說他睡覺的時候，佐和子開小型汽車外出購物吧。」

「是的。當祐次看到車頂跟引擎蓋都乾乾淨淨的小型汽車，不知情的他八成大吃一驚吧。他貿然推論，都是因為自己深夜開了那輛車，堆積的櫻花才會被掃得一乾二淨。在這種狀態下，絕不能讓警察從這輛車上看出端倪。他這麼思考，於是做出了故意親手將櫻花花瓣灑在車上這種多此一舉的偽裝。」

「所以賓士跟小型汽車的狀態才會產生奇怪的矛盾——對祐次來說，這無疑是自找麻煩呢。」

「您說得是，大小姐。」

說完事件的真相後，影山在麗子面前恭敬地低下了頭。

雖然麗子很有大小姐風範地表現出冷靜的態度，心中卻再度為管家的慧眼獨具咂舌讚嘆。

當然，事件不是這樣就完全解決了。要逮捕神崎祐次，還需要不動如山的鐵證。不，在那之前，得要先面對那個欠缺理解力又難以說服的上司這道難關。身為新人刑警，麗子接下來的工作還會更加繁重。

話雖如此，那也都是明天的事情了。此時此刻的她，只想盡情觀賞今宵凋零的櫻花。於是麗子再度在椅子上坐下，並將高腳杯放到桌上。

「可以再幫我倒一杯嗎？」

面對語氣裝模作樣的麗子，影山以流暢的動作倒著瓶裝白酒。

「請您不要假藉著酒意，把我推進池子裡喔——」

這麼說完，忠誠的管家對麗子露出了溫和的微笑。

第三話

來自怪盜的挑戰書

1

那是寶生麗子結束一天繁忙的工作，平安返回寶生邸的晚上的事情。

脫下工作用褲裝的麗子，換上輕柔飄逸、大小姐味十足的連身洋裝後，隨即坐上晚餐的餐桌。今晚點綴餐桌的是令人眼睛為之一亮的頂級法式料理。負責伺候用餐的管家影山一身西裝打扮，從銀框眼鏡底下對麗子投以充滿期待的視線，同時將紅酒倒入高腳杯內。

「大小姐，最近有沒有什麼有趣的事件……」

不過麗子卻冷漠地回答「沒有」，潑了影山一頭冷水。

「五月沒有發生什麼像樣的事件。這麼說起來，雖然最近國立市警署轄區內平均每個月會發生一起離奇事件，可是很遺憾，這個月似乎什麼都沒發生呢。」

用「很遺憾」來形容好像不太適切喔？簡直就像是期待著事件發生的樣子。麗子一邊心想，一邊喝著高腳杯內的紅酒，然後丟下這麼一句話：「——你有什麼不滿嗎？」

「不，小的豈敢。沒有事件發生真是再好也不過了。」

雖然影山嘴巴上回答得無懈可擊，表情卻顯得有些不太滿足。因為這個名叫影山的男人，其實最喜歡打探警察應付不來的離奇事件了。過去他屢次透過麗子取得這方面的情報，並以自豪的推理能力引導事件順利解決，讓大小姐顏面掃地，成績斐然。雖然他真的是個惡質管家，但若是沒有了最重要的事件，就算擁有令人自豪的推理力也是英雄無用武之地了。這也就是為什麼影山會一臉無精打采的表情。

「對了，有幾封寄給大小姐的信件。不過，其中大半是把大小姐當肥羊的名牌店廣告傳單或請款單之類的。」

「是嗎？那些就由你隨便處理一下吧。」

這麼說完，麗子停下用餐的手，斜眼輕睨了管家一下。「話說回來，剛才有動物跑過去嗎？比方說羊之類的。」

「不，大小姐，今晚的主餐不是羊肉，而是烤鹿肉佐羅勒醬汁。」

主餐的盤子隨即送到桌上。麗子被烤得恰到好處的肉香奪去心神，有好一會兒都忘了肥羊的事情，專心地大口享用鹿肉料理。不久，等到甜點送上桌時，影山才像是突然想到似地再度提起信件的話題。

「話說回來，寄給大小姐的信件中，有兩封寄件人不明。您要看嗎？」

「咦，寄件人不明？真令人好奇。給我看看。」

影山將兩個信封放到麗子伸出的右手上。那是薄薄的藍色西式信封。兩封信的收件人都寫著「寶生麗子小姐」，可是上頭確實沒有註明寄件人的姓名。郵票都有貼足，還蓋上了立川郵局的郵戳。

「喔——這信封挺漂亮的嘛。難不成是寄給麗子妹妹的粉絲信嗎？」

「大小姐，您是從哪裡冒出這種想法的？」

「少囉唆！」麗子面露不悅之色。「反正我只不過是巨大複合企業『寶生集團』裡擔任總裁的富豪的千金罷了。」

「請不要這樣貶低自己，大小姐。大小姐絕非只是區區的富豪千金。您不是任職於國立市警署刑事課的傑出地方公務員嗎？」

「說得也是。」麗子接受影山奇妙的說詞，恢復了自信。

「總之，既然收件人是我，那應該可以打開吧——影山，拆開來看看。」

「遵命。」影山恭敬地行了一禮，慎重地打開遞過來的其中一個信封。

裡頭只出現了一張白色信紙。影山將空信封倒過來晃動幾下，然後對麗子露出溫柔的笑容。「請您放心，大小姐。看來裡頭似乎沒有放剃刀呢。」

「怎麼可能會放那種東西啊！算了，把那張信紙拿來！」

麗子從管家手中搶過信紙，大聲念出印在上頭的簡短文章。

「嗯，這是什麼——『明天凌晨零點，我將前往領受沉睡在寶生家的珍寶『金之豬』，還請多加小心。怪盜L（Legend）敬上。』——什麼玩意兒啊！」

麗子從椅子上滑了下來，然後隨即站起身子，將信紙用力摔到桌面。

「喂，影山！這是哪門子的粉絲信啊！」

「我從來都沒有說過那是粉絲信喔……」

影山面無表情地拾起信紙，視線快速掃過文章。

「唔，這好像是犯罪預告書。看來怪盜L先生似乎打算下手行竊的樣子。」

「不用對小偷那麼必恭必敬啦！」

嚴厲訓斥過影山後，麗子才因為恥辱與恐懼而顫抖著嘴脣。

「怪……怪盜L……」

「您知道這個人嗎？大小姐。」

「不，我是第一次聽到！」麗子用力搖了搖頭。「雖然名字很有那種風格，但仔細一想，我根本就沒聽過這個名字。如果是魯邦啦、露比啦、基德之類的我倒是知道——可是怪盜L是誰啊？」

「這個嘛，您這麼問我，我也……」

影山聳了聳肩。「一定是最近才開始活動的新人怪盜吧。只要盜取了寶生家的珍寶，在小偷界裡肯定會闖出名聲。所以怪盜才盯上了『金之豬』——會不會是這樣呢？」

「原來如此。說到『金之豬』，爸爸擁有的收藏品中是有這項東西。我記得那是名叫高森鐵齋的知名雕刻家的作品。高森鐵齋的作品，在他死後評價好像突然水漲船高，聽說現在『金之豬』價值高達數百萬元呢。」

「數百萬元是嗎？」影山意外似地歪著頭。「這確實是筆相當龐大的金額，可是如果要對寶生家下挑戰書的話，總覺得這目標也太小了。難不成是假冒怪盜之名的惡作劇？」

「不可否認，也是有這種可能性，不過我們總不能視若無睹吧。畢竟對方已經預告說明天凌晨零點要來行竊了──嗯？等一下。」

麗子突然抬頭仰望牆壁上的時鐘。時間是晚上八點。麗子開口提出了單純的問題。

「明天凌晨零點是指從現在起四小時之後嗎？因為四小時後的凌晨零點就已經是明天了吧。」

「不，再怎麼說，四個小時後也太……這種情況通常是指隔了一晚的明天凌晨零點。也就是從現在起二十八小時之後吧。」

「不過嚴格說來，你指的那個凌晨零點，已經是後天了吧？」

「是這樣沒錯。」影山困惑地皺起眉頭看著預告書。然後他說出了差點被遺忘的事實。

「這麼說來，還有另一封信呢。」

影山打開桌上的另一封信，自行攤開了信紙。

「我要念了──『慎重起見，我先聲明，剛才預告書裡寫的「明天凌晨零點」不是指今天深夜，而是明天深夜零點的意思。也就是嚴格說來的後天，不過就常識來想，一般都不會搞錯吧。怪盜L敬上。』──」
影山將念完的信紙交給麗子。「這位怪盜相當細心周到呢。」
「與其說細心周到，倒不如說腦袋不太好吧。一開始訂在晚上十一點到凌晨一點就不會搞混了……」
「哎呀，所謂怪盜大多都是在凌晨零點現身的喔。」
影山這麼斷言後，便將指尖貼在銀框眼鏡上。「無論如何，既然他都這樣不厭其煩地再三預告了，想來應該不可能是小孩子的惡作劇吧。明天凌晨零點怪盜L勢必會現身這座宅邸。您意下如何？大小姐。」
「意下如何──什麼意下如何？」
「要報警嗎？」
「報警！」麗子尖聲怪叫。「不行不行不行不行！要是報警的話，我是寶生家獨生女的事情就會曝光了。到時候我會很難在國立市警署待下去的。」
「唔，今後也想像過去一樣，以風祭警部的部下的身分繼續工作──我很明白大小姐的這種心情。」
「你根本就不明白，白痴！」麗子把手中的信紙摔向管家的臉。「總之，不可以拜託警察。尤其是國立市警署，叫來根本是浪費稅金。」
影山用雙手剝下黏在臉上的信紙，

「既然大小姐都這麼說了，那就肯定是這樣沒錯。」

然後他帶著若無其事的表情點了點頭。「可是大小姐，如果不報警的話，您打算怎麼對付怪盜L呢？」

「這個嘛，總之先問問看爸爸的想法吧。現在他人應該去巴黎出差了才對。」

影山立刻掏出自己的手機，撥打了國際電話到巴黎。不久，電話另一頭傳來麗子的父親——寶生清太郎呼喚女兒的聲音。麗子接過影山的手機，戰戰兢兢地將它貼在耳上。

「啊，爸爸，其實我打電話給您是因為有些事情想跟您商量……不，不是因為有了喜歡的人……話說回來，世界上有哪個女兒會特地打國際電話跟地球另一頭的父親商量戀愛煩惱啊……不是這樣的，其實是家裡收到了小偷的犯罪預告……對，目標好像是『金之豬』……咦？想要就給他？不，這怎麼可以……咦，什麼？您說誰……咦？我們家的專屬……不，我不認識……嗯，好的，我會這麼做的……」

麗子一結束通話，影山立刻發問。「老爺怎麼說呢？」

「爸爸說『這種時候就找那個男人過來』。」

「那個男人？」影山訝異地歪著頭。「所謂『那個男人』，是指風——」

「不對！」麗子迅速糾正管家的誤會。「不是風祭警部，是個名叫御神本光一的人。這種時候最適合找那個人過來了，爸爸是這麼說的。」

「御神本光一？沒聽過的名字呢，那個人是誰呢？」

「我也不曉得。」做了這段開場白後，麗子便原原本本地轉述剛才父親說過的話：

「聽說御神本光一這個人是寶生家的『專屬私家偵探』。」

2

如同有錢人家必定會有專屬醫生和律師顧問，寶生家似乎還有個「專屬私家偵探」的樣子。這個事實，就連麗子也是到現在才首次得知。

這位私家偵探帶著一位年輕女性現身寶生邸，是在隔天中午，也就是距離預告犯案的凌晨零點還有十二小時的時候。

在麗子與影山的迎接下，出現在玄關大廳的御神本，是個大約三十幾歲的年輕男性。身穿窄管長褲配上黑白點狀圖案的外套。頭上戴著的鴨舌帽底下露出棕色長髮。晒黑的臉龐十分端正，可是卻散發出遊手好閒之人的氣質。雖然還不至於戴著耳環登場，但仔細一看，耳垂上確實開著兩個洞。

這樣的御神本將手貼在胸前，優雅地對寶生家千金低下了頭。

「哎呀，這不是大小姐嗎？勞煩您特地出來迎接，真是惶恐之至。您好，我是『御神本偵探事務所』第三代所長，御神本光一。敬請多多指教。」

這麼說完，偵探彷彿西方紳士般單膝跪在麗子面前，冷不防地端起她的右手準備親吻。可是麗子卻毫不猶疑的緊握右手，往前一揮，做為初次見面的招呼。結果，偵探的鼻頭就和千金大小姐的拳頭交換了個火熱的親吻。

「啊啊，大小姐……」在麗子的背後，管家嘆著氣垂下了眼簾。

偵探嘶嘶地吸著流出的鼻血，彷彿什麼事情都沒發生過般站起身子。

「事不宜遲，大小姐，聽說自稱怪盜L的人送來了犯罪預告是嗎？哎呀，這真是令人不快。膽敢覬覦舉世聞名的寶生家的寶貝，想不到世上竟有如此不自量力之人。不過，怪盜L恐怕不曉得吧。對寶生家下挑戰書，就等於是對三代都侍奉寶生家的『御神本偵探事務所』下挑戰書。請您放心，大小姐。只要敝人御神本光一出馬，不管是怪盜還是怪獸，都碰不了寶生家的寶貝一根指頭……那個，大小姐，怎麼了嗎？我的外套有那麼稀奇嗎？居然還用手機拍照。」

「…………」奇怪，我搞錯了嗎？麗子單手握著手機，歪頭望向影山。

管家彷彿訴說著「不對喔」似地緩緩搖了搖頭。這時，站在偵探背後的年輕女性輕咳一聲，然後委婉地指出麗子的誤解。

「那個，麗子小姐，御神本所長的這個只是有點奇怪的點狀花紋，不是QR碼（QRcode）。所以，就算再怎麼用手機拍照，也連不上哪裡的網站喔。」

「什麼嘛，原來不是啊。」麗子恍然大悟地收起手機。雖然不能連上網站，但應該可以挖苦偵探外套的品味吧。「話說回來，妳是？」

被這麼一問，女性擺動著亮麗的黑髮向麗子打招呼。

「不好意思，我太晚自我介紹了。我是『御神本偵探事務所』的朝倉美和。」

請多指教，朝倉美和這麼說著低下了頭。她身穿樸素的灰色褲裝配上低跟皮鞋，可是卻還是充分散發女性的魅力。這樣的她，完全就是一副偵探祕書，或者該說是情婦的樣子。不過，或許只是因為御神本明顯是個輕浮的人，自己才會對她產生這種感覺也說不定。

「不說這個了，大小姐。」偵探將話題拉回來。「我想馬上拜見怪盜L盯上的小『金豬』，小『金豬』在哪裡呢？」

「…………」我想你也知道，是不是該正名為「金之豬」呢？

麗子一邊想著這種事情，一邊對守在旁邊的管家下令。

「影山，帶兩人去擺放『金之豬』的書房。」

廣大的寶生邸內，有著多到甚至讓人謠傳「數量每次數都不一樣」的房間。在這之中，寶生清太郎的書房位於三樓一角。以書房來說是間相當大的房間。進去後可以看到中央有張大桌子，牆邊有櫃子跟書架。空間內到處擺設著抽象畫、精心設計的花瓶、意義不明的雕塑品等等。整體感覺就好像不懂藝術的校長硬是逞能拚命裝點的校長室吧。從中可以窺見居民的低劣嗜好，是間令人相當不舒服的書房。

「哎呀，這房間沒有窗戶呢。」看過房間後，朝倉美和意外似地叫道。

「是啊，爸爸故意選擇沒有窗戶的房間做為自己的書房。大概是不希望書架上的書晒黃吧。」

「不，大小姐，不是這樣的。」

影山立即訂正麗子的臆測。「身為大富豪的老爺總是時時提高警戒，以防被誰從窗外狙擊。老爺的書房沒有窗戶就是因為這個緣故。」

「……」窺見父親清太郎意外的一面，麗子不禁臉紅起來。「爸爸也看太多『哥爾哥13』了吧！」

「這點我也有同感──對了，『金之豬』就在那裡。」

影山指向從中央桌子看過去右手邊的牆壁。那裡有個高及腰際的臺座，「金之豬」伸著四隻腳站在臺座上的玻璃箱裡。「金之豬」全長三十公分，高度二十公分，十八K金製。說起來就是真實的小豬的尺寸。

「喔喔，這隻豬真是太棒了。感覺好像隨時都會跑起來呢。」

御神本注視著玻璃箱大力表示讚賞。

「不愧是出自日本代表性的雕刻家，高森鐵齋之手的傑作，很適合裝飾在寶生清太郎先生的書房裡。」

「…………」這世界上存在著適合用來裝飾書房的豬嗎？麗子心想。

「哎呀，所長，那邊也有豬的雕像。」朝倉美和指向反方向的牆邊。

受助手的話所引導，御神本走近那邊的牆壁。隔著桌子正好和「金之豬」相對的位置，那裡也有同樣的臺座與玻璃箱，箱裡有個豬的雕像。是閃爍著銀色光輝的豬。如果那邊是「金之豬」的話，這邊當然要叫「銀之豬」吧。

「喔，這隻『銀之豬』也是高森鐵齋的作品嗎？」御神本探頭注視著玻璃箱輕聲說。「不過看起來做得不太好呢。造型感覺好像蚊香豬——用來掛蚊香的陶製小豬啊。」

御神本下了一個被高森鐵齋聽到會勃然大怒的辛辣評價。不過麗子也有同感。跟「金之豬」比起來，「銀之豬」顯得遜色不少。這不是素材問題，而是做工的問題。「銀之豬」表面光滑，確實也很美。可是豬的細節卻表現不佳。「金之豬」帶有彷彿隨時都要跑起來般的躍動感，相較之下，「銀之豬」卻只給人一種不過是銀色擺設的印象。不過，比喻成掛蚊香的容器也太失禮了。

御神本離開「銀之豬」的箱子，再度往「金之豬」走去。

「總之，現在『銀之豬』怎麼樣都無所謂。怪盜L盯上的只有『金之豬』而已。我們應該把注意力集中在這邊才對——對了，大小姐，可以請您打開這個玻璃箱嗎？慎重起見，我想確認一下內容物。」

「難道已經被替換成贗品了嗎？」

「這是有可能的事情，我認為有必要進行確認。」

「我知道了。」麗子同意後，便對身旁的管家下令。「影山，把箱子打開。」

「遵命。」這麼說完，影山從口袋裡掏出鑰匙串，用其中一把鑰匙打開箱子的鎖。箱子一打開，御神本立刻大剌剌地伸出雙手取出「金之豬」。御神本以抱著寵物迷你豬般的姿勢抱著黃金的小豬雕像。

「喔，不愧是十八K金。就算是小豬尺寸也很沉重。怪盜L抱著這種東西要怎麼逃跑呢——」

歪著頭思索一會兒後，御神本將黃金的小豬雕像再度收進箱中。影山隨即為箱子上鎖。等動作都完成後，麗子重新詢問偵探。

「話說回來，御神本先生，你打算用什麼方式阻止怪盜L入侵呢？」

「沒什麼，我不打算做出大張旗鼓的事情。」

御神本在房間中央大大展開雙手。「總之，今天一整個晚上我們只會鎮守這間書房，一味地監視『金之豬』而已。」

「就這樣？」麗子露出不滿的表情問道。「不在宅邸裡部署警衛嗎？好比開直升機從上空進行監視，或是在庭院裡放幾十隻警犬——這些都不做嗎？或者，在這間書房設下紅外線警報裝置，一旦偵測到入侵者，機關槍就會自動將敵人打成蜂窩之類的……」

影山輕咳一聲，打斷了麗子過火的妄想。「大小姐，只為了保護不過數百萬的藝術作品，您就想讓這座宅邸鬧出人命嗎？」

原來如此，這方法的確不實際。價格效能比也不合乎效益。

「管家先生說得沒錯，大小姐。在這類案例中，很多人都太過度提防小偷，以至於在屋裡到處部署了警衛。這麼做大概是可以放心啦。不過，那卻是天大的誤會，正好稱了小偷的意。散布屋內的人員對小偷來說是絕佳的隱蔽。小偷可以輕易混進人群之中，輕鬆將寶物拿到手，然後悠悠哉哉地離去——這是很典型的發展。」

「喔——的確，你說的或許也有道理。」

「嗯，就是說啊。我們要做的不是在宅邸內配置大量人力，而是將有限的人員聚集在一處。當然，那必須是絕對可以信任的精銳。沒錯，如果是這間寬敞的房間，大概只要五個人就夠了。」

「五個人……」麗子用眼睛點起書房內的人頭。「所以是我、偵探、助手、管家，還有另外一個人吧。」

「請等一下，大小姐。我有個問題想請教您。」

這麼說完，偵探筆直地指向麗子背後。「那個男人真的可以信任嗎？」

御神本指著的人，那是隨侍在麗子身旁的管家。當然，麗子馬上反駁。

「你是在懷疑影山嗎？別傻了，影山沒問題的……他是我絕對可以信任的管家……

不，雖然不是絕對，但也還勉勉強強……這個嘛，他也不是沒有可疑的地方啦……應該說可疑的不得了……總、總之，我們要相信他啊……對吧？影山。」

看著面露僵硬微笑的麗子，管家心灰意冷地嘆了口氣。

「我太失望了，大小姐。敝人影山明明誠心誠意地侍奉著寶生家……沒想到評價卻如此之低。」

「沒、沒辦法啊！誰叫你三不五時就背叛我。而且還時常欺騙我，老是把我當白痴耍——說起來都是平常不夠忠誠的你不好。」

聽了麗子跟影山無意義的爭論後，御神本做出了決定。

「我明白了。這次就請身為管家的他退出吧。我會再另外安排兩名絕對可以信賴的部下。我跟朝倉以及兩名部下，還有大小姐，今晚就由這五人來監視『金之豬』。這樣可以吧？」

麗子坦率地點頭贊同偵探的提議。「嗯，就這樣吧。」

儘管面露不滿的表情，影山還是回答：「沒辦法，一切都是我自作自受。今晚我就一直待在後方支援大小姐吧。」

然後管家將玻璃箱的鑰匙串遞給麗子，恭敬地行了一禮。

「那麼大小姐，請您盡情地大顯身手，千萬別扯了大家的後腿。」

「…………」你說誰會扯大家的後腿啊！

3

御神本偵探在天還亮著的時候，把兩名西裝打扮的男人找來寶生邸。

其中一位叫做大松，他是個肌肉發達，看起來臂力很強的彪形大漢。另一位則是身材中等，衣服穿得整整齊齊一絲不苟的男人，名叫中園。大松跟中園是「御神本偵探事務所」的偵探之中成績特別優秀的兩人，所長御神本驕傲地挺起胸膛擔保。因為不曉得私家偵探的優劣是用什麼來判斷，麗子只能點頭附和。

用過晚餐後，麗子與御神本偵探事務所的四人在晚間九點前往書房。

「與其五個人都窩在書房裡，讓哪個人站在門外不是更好嗎？」

聽了麗子的提議，御神本誇張地展開雙手。

「這點子很棒。不過，如果我是怪盜L的話，應該會先解決在門外站哨的人吧。然後搶走他的衣服，喬裝成那個人這麼大叫：『怪盜L出現了！』。房內的我們連忙把門打開，在走廊上四下張望著說：『怪盜L在哪裡？』。這時，敵人已經打破書房的玻璃箱，伸手拿走了寶物——呼，這是很常見的情況喔，大小姐。」

「…………」總覺得這傢伙真是讓人超不爽的！麗子內心湧現接近殺意的怒火，不過由於偵探的想法本身是合理的，她也無法當面反駁。

於是決定，五個人都留在書房裡看守。

他們首先打開玻璃箱，重新確認收納在裡面的「金之豬」一切正常。然後從書房內把門鎖上，接著又掛上大大的門閂。

就這樣，書房化為密室，五名精銳跟「金之豬」成了封裝罐頭。罐頭的保存期限——不，隔絕狀態的時間設定至隔天日出為止。根據怪盜L的預告書，犯案時間應為凌晨零點。不過，御神本對這點抱持懷疑的態度。

「姑且不論十九世紀的巴黎如何，這裡可是二十一世紀的國立市。『怪盜』未必都有『紳士』風度。Legend很有可能是個會任意毀約的非紳士型小偷。在天還沒亮之前，我們不該怠忽戒備。」

的確，這點御神本說得沒錯。怪盜L不曉得什麼時候會出現在這間書房。五人各自以不同的姿態等待令人有疑問的凌晨零點到來。

大松跟中園兩人身著西裝靠在牆壁上。朝倉美和坐在拿進來的椅子上。御神本晃動著點狀花紋的外套下襬，在書房裡悠悠地轉來轉去。麗子看了覺得十分刺眼。

然後到了晚上十一點左右，門後突然出現人的動靜。是怪盜L嗎！五人緊張起來。可是，隔著門傳來的卻是影山那耳熟的聲音。

「大小姐，我想您大概差不多覺得睏了，所以送了咖啡過來。」

哎呀，挺機伶的嘛，麗子這麼心想，把手伸向門閂。不過就在那一瞬間，

「不可以，大小姐！」御神本猛烈斥責著，打斷了麗子的行動。「在門後的未必是

正牌管家，也有可能是怪盜L喬裝的。」

「咦？啊，對喔。」麗子暫時停下了伸出去的手。「那該怎麼辦呢？」

於是御神本把臉湊向房門，唐突地開口詢問走廊上的男人。「──暗號是？」

「……………」眼前彷彿浮現出影山愣住的表情。隔了幾秒鐘後，影山這麼回答御神本的問題。「暗號什麼的打一開始就不存在。」

御神本彷彿品味著這個答案般深深點了點頭。「很好，正確答案！」

經過令人無力的對答後，御神本似乎總算承認了門後的人是貨真價實的管家。不過即使如此，他還是不肯開門。

「你可別怪我喔。趁著所有人準備喝下送來的咖啡時摻進安眠藥，結果所有人都在不知不覺間呼呼大睡──這也是常有的發展。」

「原來如此，您真是考慮周詳。」門後傳來影山毫無感情的聲音。「不過，沒有飲料不會很難捱嗎？夜晚還很漫長呢。」

「當然，我並沒有疏忽這點。就算沒有你幫忙，我們也早就已經準備好咖啡了。而且是絕對安全無虞的咖啡。既然明白了，可以請你離開嗎？你在那裡的話，怪盜L就不會潛入書房吧。」

「……？」不來不是再好也不過了嗎？麗子老實地心想。

影山應該也是這麼想的才對，「那麼我先退下了。」不過他卻對御神本表現出順從的態度。然後他隔著門提出多餘的忠告。「大小姐，您可別打瞌睡喔。」

我才不會打瞌睡呢！可是，麗子的嘟噥似乎沒傳進管家耳裡的樣子。

聽著影山的腳步聲遠去，御神本看了自己的手錶確認時間。

「的確，那個管家說得沒錯，夜晚還很漫長。把自己繃得太緊也不好。邊喝咖啡邊等到凌晨零點好了——朝倉，幫大家倒咖啡。」

是，這麼說完，朝倉美和便提起桌上的咖啡壺往五個紙杯裡倒咖啡。五人立刻伸手拿杯子，各自將咖啡送到嘴邊。不過，在準備以自己的杯子就口的瞬間，麗子突然隱約感到不安。

像這樣五個人同時喝下同一壺咖啡是不是不太好呢？如果這個咖啡裡摻有安眠藥的話，那該怎麼辦？御神本擔心的「所有人呼呼大睡」不就成真了嗎？

想到這裡，麗子搖了搖頭。不，那是不可能的。畢竟這咖啡是麗子跟朝倉美和兩人在寶生家的廚房裡泡的。兩人作業時御神本也在一旁。換句話說，如同御神本所言，壺裡的內容物絕對是安全無虞的咖啡沒錯。無論一人喝還是五人喝應該都沒問題才對。

這麼說服自己後，麗子慢慢喝下紙杯內的咖啡。

芬芳的香氣與高雅的醇厚滋味，上好的咖啡放鬆了麗子緊張的身心。緊接著在那之後，她被奪走了大約一個小時的記憶——

被猛烈的敲門聲吵醒時，麗子眼前看到的是掉在地上的紙杯。麗子意識到自己倒在地上。她用迷糊的雙眼確認手錶的指針。

長針與短針都指著錶面上的「12」。十二點——不，不對，是凌晨零點！

麗子驚訝地撐起上半身。這時，男人急迫的聲音隔著門，隨著斷斷續續的敲門聲傳來。「——大小姐！請您回答我！」

是影山。麗子步履蹣跚地站起來環顧周遭。以御神本為首，在那裡的是偵探事務所眾人的屍體。不，是不是屍體還不知道。他們大概都跟麗子一樣，只是被下藥睡著了。總之，四名男女像是死了似地倒在地上。

猛烈的敲門聲依然持續當中。由於門內上了兩道鎖，從走廊那側無法打開。得把門鎖打開才行——麗子拚了命地接近房門。

「大小姐，大小姐！」門後傳來影山焦急的聲音。「真是的，這女人真是給人添麻煩……」

「你說誰是給人添麻煩的女人啊！」

「啊！大小姐，您在那裡啊！真、真是太令人高興了！」

「真的嗎？」麗子想馬上開門確認他的表情。「等一下，影山。我現在馬上開門。」

麗子退出門閂，轉開門把上的按鈕。兩道鎖解除後，門便打開了。即刻衝進房內的影山確認麗子平安無事，

「我好擔心啊，您沒事真是太好了。」

然後露出了發自心底感到安心的表情。以管家來說，這反應姑且算是合格了。

「因為已經到了問題的凌晨零點，我想過來看看情況……」

瞥了書房內的情況一眼後，影山似乎就已經掌握形勢了。「唔，咖啡裡被摻了安眠藥啊。喝下咖啡的五人全都陷入昏睡——那麼『金之豬』怎麼了呢？」

「啊，對了。」重點是這個。麗子慌慌張張地衝向玻璃箱。

不過箱子沒有任何問題。玻璃表面毫髮無傷，收納其中的「金之豬」也跟以前一樣原封不動。麗子放心地嘆了口氣。

「太好了，『金之豬』好像平安無事呢。」

「是。的確，『金之豬』或許平安無事吧……」

這麼說完，影山往對面牆邊投以銳利的視線。在那裡的是另一個玻璃箱。望向那邊的瞬間，麗子也察覺了異狀。玻璃箱是打開的。而且，透明的玻璃箱應有的東西不見了。麗子忍不住大叫：

「啊啊，『銀之豬』不見了！怪盜L那個騙子！」

看著空無一物的玻璃箱，麗子因屈辱與憤怒而猛跺腳。

另一方面，影山把倒在地上的四名男女都叫了起來。藥效似乎已經退了。以御神本為首的四人倏地爬起來，帶著睡迷糊的表情面面相覷。

「奇怪……」「發生什麼事情了……」「我們睡著了嗎……」「總覺得頭好暈……」

不久，四人意識恢復正常，總算掌握了現在的狀況時——

〈哈、哈哈、哈哈哈、哈哈哈哈、哈哈哈哈哈……〉

由無數個「哈」所構成的可怕笑聲響徹書房。到底是誰在哪裡笑呢？那奇妙的聲音聽起來彷彿來自深幽的洞穴底部。

〈「銀之豬」就由我怪盜L收下了。真是遺憾啊，各位。〉

「這毛賊是在胡說什麼啊？」御神本對著看不見的敵人叫道：「應該覺得遺憾的是你吧。你盯上的『金之豬』還好端端地在這裡呢。活該！」

當御神本毫不懷疑地誇耀勝利時，朝倉美和委婉地低聲說：

「不對喔，所長。怪盜L的目標恐怕打一開始就是『銀之豬』吧。我們著了他的道了。」

「咦，是這樣嗎？可惡！」御神本彷彿現在才察覺到似地屈辱大喊：「喂，怪盜L！你做的事情跟預告書不一樣啊。說謊的小孩長大會作賊喔。」

聽了偵探宛如小學生般的發言，怪盜認真予以駁斥。

〈那不是該對小偷說的話吧。小偷本來就會說謊了。〉

「原來如此，你果然沒有紳士風度啊。」御神本帶著莫名贊同的表情點了點頭。

麗子輕聲告訴身旁的管家自己感受到的詭異。「奇怪，為什麼這兩人之間能夠對話呢？為什麼呢？」

「是通風口。兩人正透過設置在天花板後方的管路進行對話。」

「那麼管路另一端又是通往哪裡呢？」

「恐怕是屋頂上吧——」

還沒聽完影山所說的話，「走囉，影山。」麗子就大叫一聲衝了出去。「怪盜L在屋頂上！」

麗子與影山同時跑出書房。偵探事務所的四個人也趕緊追上兩人。總計六名男女奔上階梯，朝前方的屋頂前進——

寶生邸屋頂上是平坦的長方形，面積大到容得下好幾座網球場，可是平常卻都沒有利用。雖然姑且建造成緊急時用的直升機停機坪，但至今為止，從未發生過需要把直升機叫來這座宅邸的緊急事態。

六名男女接連抵達這樣的屋頂上。首先是麗子和影山、御神本偵探和助手朝倉美和，最後是偵探寄予信任的部下，大松和中園。他們借助滿月的月光和手電筒的燈光，尋找怪盜L的身影。只聽到御神本尖叫一聲，將燈光照向屋頂一角。

「——找到了，就是他！」

偵探手指著的遠處有個人影。漆黑的身影，手扠著腰佇立在屋頂邊緣。雖然臉上戴著白色面具，無法看出表情為何，但從體格可以看得出對方是男性。男人背上背著某個奇怪的東西。在麗子凝神注視下，男人發出了獨特的哄笑聲。

「哈、哈哈、哈哈哈、哈哈哈哈、哈哈哈哈哈……」

聽到與之前在書房裡相同的笑聲，麗子不禁緊張起來。一旁影山也擺出戒備的姿勢。這時，面具男傲然地高高舉起右手。他緊抓在手中的是小豬擺飾。表面因為反射月光而綻放銀輝。男人以嘲弄般的語氣再度宣告：

「如同各位所見，『銀之豬』由我怪盜L接收了。『金之豬』等下次有機會再來領受。在那之前，暫時交給你們保管吧。」

「別傻了！怎麼可能還會有下次機會。」

御神本強硬地斷言。「怪盜L，你已經無處可逃了。乖乖降伏在名偵探御神本光一的腳下吧。」

「哼，居然自稱名偵探，還真是不要臉啊。既然如此，你就試著親手逮捕我好了。」

「不用你說我也會這麼做！」

偵探對著在他背後待命的兩人叫道：「大松、中園，準備好了吧。」

兩名部下已經脫去西裝外套，以襯衫打扮準備迎戰。

「要上囉！」御神本率領兩名部下猛地拔腿狂奔。「嗚喔喔喔喔喔喔——」

穿著外套的御神本與襯衫打扮的兩名部下，三個男人成正三角形隊伍朝位於遠方的敵人猛衝。

這時，一陣馬達聲突然響起，蓋過了偵探的叫聲。緊接著，頭戴面具的敵人也大叫著開始朝御神本跑過去。「呀啊啊啊啊——」

兩者的距離眨眼間拉近。此時，巨大的白色物體宛如牆壁一般在男人背後延展開來。難道「妖怪水泥牆」在這種情況下登場了嗎？麗子忍不住瞪大了眼睛。不過，麗子誤以為是妖怪的白色巨牆，真面目其實是以黑夜為背景展開的巨大降落傘。馬達聲似乎是男人背上的大型螺旋槳發出的運轉聲。所以那是動力飛行傘囉！麗子察覺到這點時，男人雙腳已經蹬離了地面。

對這個採用意外手段逃走的敵人，偵探像是在做無謂的抵抗般大叫：

「可惡，你逃不掉的，怪盜L。」

同時拚了命地上下跳躍。「把『銀之豬』還來！」

然而，面具男卻像是玩弄著偵探似地，輕輕揮動右腳。那男人的鞋尖宛如事先算計好的一般，命中了偵探的臉。「咿耶！」偵探口出怪聲，整個人背部朝下地重重跌在屋頂上。「嗚喔！」御神本大聲哀號。看了那難堪至極的模樣，「啊啊，大師……」助手朝倉美和失望地嘆著氣垂下眼簾。

大松與中園兩人追趕著敵人，看都不看御神本一眼。不過彷彿嘲笑著他們的努力般，男人背上的馬達拉高運轉速度。「——那就再會了，各位！」

道別之後的下一個瞬間，男人的身體一鼓作氣高高飛上了掛著月亮的夜空。

麗子對守候在身旁的忠實僕人下令。「影山，去追那傢伙！」

面對麗子魯莽的要求，就連影山也不禁搖了搖頭。「這是不可能的，大小姐。」

彷彿愚弄著屋頂上無計可施的兩人一般，面具男在寶生邸上空繞行了兩、三次。不久，他背對在夜空中綻放光芒的滿月，朝黑暗的彼端飛走了。

麗子只能咬牙目送著怪盜的身影消失。

影山跑到倒地的偵探身邊，「您沒事吧？御神本先生。」並且摩娑著他的背，觀察他的臉色。

重重摔著背部的御神本猛咳了兩、三下，「別擔心。」便甩開影山的手，按著鼻頭站起身子。

「可惡，那個渾蛋！居然把我的臉當足球踢。」

然後他高舉拳頭，對著黑暗怒吼：「我絕對饒不了你，怪盜L！我一定要把你找出來，再度奪回『銀之豬』！」

御神本竭盡所能地擺出偵探最大的架子。麗子見狀，腦海裡浮現出「喪家之犬最會叫」這句熟悉的話。

4

屋頂上的逮捕行動失敗後，麗子等人拖著沉重的腳步回到書房。不過，一腳踏進書房的瞬間，麗子心中湧現出一個單純的疑問。

「怪盜L是怎麼偷走『銀之豬』的呢？」

「這很簡單啊，大小姐。」御神本立刻回答。「那傢伙在咖啡裡下藥讓我們睡著，然後趁機入侵書房。接著他從熟睡的大小姐身上搶走鑰匙串，用它打開玻璃箱後，便帶著『銀之豬』離開了書房——事情就是這樣。」

「不過如果是這樣的話，書房的門鎖應該會是開著的才對。可是我醒來的時候，門還從裡面上了門閂喔。對吧？影山。」

「是的。如同大小姐所說的，門確實從裡面上了鎖。直到大小姐卸下門閂後，我才能進入房裡。」

咦，是這樣嗎？御神本彷彿這麼說似地瞪大眼睛。他似乎以為怪盜是破壞門鎖後入侵書房的樣子。御神本連忙檢查書房的門。見門閂確實毫無異狀，御神本疑惑地歪著頭。面對這樣的他，朝倉美和開口詢問。

「這是怎麼一回事呢？大師。怪盜L逃離書房時，是先從房裡把門鎖上之後再逃走嗎？可是，我認為那是不可能的事情。」

「啊啊，絕對不可能。如果有備份鑰匙的話，倒是還打得開彈簧鎖。不過從門外是無法操作門閂的。怪盜L應該無法進出這間門上掛了門閂的書房才對。這麼說來——啊啊，原來如此！」

御神本啪地彈響指頭。「從這個情況可以導出一個結論。」這麼說完，他用手指依序指過眼前的助手、兩名部下，以及麗子的臉。

「也就是說，在書房裡的四個人之中，有人協助怪盜L入侵及逃亡。大家睡著之後，那個人從裡頭把門打開，將小偷引進房內。等到小偷帶走『銀之豬』後再從裡頭把門鎖上，假裝自己也服下安眠藥睡著——事情就是這樣。錯不了的，共犯就在這四個人之中！」

原來如此，的確，情況或許真如御神本所解釋的那樣也說不定，麗子也這麼認為。不過他指出了「四個人」，卻不包含御神本自己，這點就叫人無法接受了。就算偵探是小偷的共犯，這也絕不是什麼不可思議的事情。

正當麗子這麼想的時候，一旁的影山正面反駁了偵探的推理。

「不，您錯了，御神本先生。怪盜L從未接近這間書房。那是因為這扇門外一直都有目擊者在。」

「你說目擊者？是誰？」

「正是敝人我。」管家手貼在胸前恭敬地低下了頭。「晚上十一點端來咖啡卻被御神本先生拒絕之後，我就這樣一直站在走廊上看守著書房的門。可是別說怪盜L了，連隻貓都沒有走近這扇門前。您覺得如何呢？御神本先生。」

「什、什麼覺得如何……真叫人不敢相信。如果你所言屬實，怪盜L就是在沒有進出過這間書房的情況下拿到『銀之豬』了。」

麗子也搖著頭插嘴說：「這種事情絕對辦不到。不可能喔。」

「是的。如此完美的犯行正可謂奇蹟之舉，應當永久流傳後世。哎呀，真不愧是怪盜L先生。令敝人影山敬佩不已。」

「敬佩個頭啦！還有，不准用『先生』稱呼小偷！」

麗子斥責過管家後，便在書房內四處亂竄發洩心中煩躁。

「沒有人進出這間書房？不，不可能有這種事情。只要沒有人進出，那麼大的擺設就絕對拿不出去。應該還有哪裡疏忽了才對──影山，你沒有打瞌睡吧？」

「我並沒有厲害到能夠在走廊上站著打瞌睡。」

「我想也是。」麗子不悅地盤起雙手。「不然還有什麼狀況？」

麗子注視著空無一物的玻璃箱思考起來。「銀之豬」確實被人從箱子裡取走了。這是事實。可是，就算再怎麼神奇的魔術技法，怪盜L也不可能不踏進書房就把它搶走。結果，御神本一開始提出的見解才是對的嗎？也就是說──

「從玻璃箱中搶走『銀之豬』的人，打從一開始就在這間書房裡。只不過，那個人應該沒有機會把『銀之豬』交給門外的怪盜L才對。儘管如此，怪盜L卻還是在我們面前炫耀似地高舉著『銀之豬』——嗯，炫耀？」

一瞬間，麗子覺得好像明白了什麼。「『銀之豬』該不會沒被帶走，還留在這間書房的哪裡吧？」

「沒被帶走？」御神本受到刺激皺起眉頭。「那麼怪盜L手中的銀色小豬究竟是——啊，對了！那個小豬雕像其實是事先準備好的贗品。這是十分有可能的事情。」

「原來如此。」彷彿支持偵探的發言般，朝倉美和點了點頭。

「故意讓人以為已經偷走了，其實只是改變了書房內的放置處。怪盜L使用的就是這種技法吧？大師。」

「沒錯，朝倉。好，既然如此，大家就分頭找找看吧。這間書房裡應該沒有太多可以藏起一個小豬擺設的空間才對。」

偵探們擅自開始進行搜索。不過，麗子以尖銳的語氣制止了他們的行動。

「等一下！要是重要的現場讓嫌犯給破壞了，那還得了。」

「嫌犯？啊啊，這倒也是。」

御神本帶著完全理解一切的表情對自己的部下下令。「那麼大松跟中園，還有朝倉，可以請你們先到走廊上待命嗎？畢竟你們姑且也算是嫌犯。」

「你也是啦，偵探先生！」嚴詞厲色地這麼斷言後，麗子瞪著御神本，手指向門外。「你也離開這間房間。書房由我來進行搜索。」

喂喂，我也是嫌犯之一嗎——偵探彷彿這麼說似地聳聳肩膀。麗子重重點了點頭，同時對唯一不包含在嫌犯之列的男人下令。

「影山來幫我，聽到沒？」

遵命，這麼說完，管家恭敬地低下了頭。

5

不過，麗子與影山的搜索很快就陷入了僵局。如同御神本說過的，書房裡可以藏起一個小豬擺設的空間原本就不多。桌子的抽屜跟櫃子裡當然是率先搜索的目標，可是裡頭卻不見『銀之豬』的影子。電腦、印表機、影印機後面也都找不到。最後剩下的地方頂多只有牆邊的書架了。

「難不成書架裡有什麼祕密空間……」

抱著淡淡的期待，麗子把好幾本書同時自書架取下。然後麗子將臉探進書架，確認裡面的狀況。一旁影山也重複著同樣的作業。

「話說回來，大小姐。我想請教您一個問題。」

影山沒有停下作業的手，就這樣逕行發問。「大小姐對『銀之豬』了解多少呢？」

「雖然你這麼問我，但除了是高森鐵齋的作品外，我幾乎都不清楚。當我注意到時，『金之豬』跟『銀之豬』就都已經陳列在我家書房的玻璃箱裡了。聽說爸爸好像在高森鐵齋晚年罹患重病的時候代墊了他的醫藥費，所以……」

「我明白了。」

「嗯？你明白了什麼？我才說到一半耶。」

「高森鐵齋的作品，是在他死後評價才上升的。生前的高森鐵齋恐怕無法償還老爺代墊的醫療費用吧。這時，老爺大概對他這麼說了：『如果還不出借款的話，我就拿走這個「金之豬」跟「銀之豬」了！要恨就恨你自己沒出息吧！』——」

「不要把別人的父親說得好像放高利貸的惡棍——！」

話雖如此，事實八成跟影山的想像相去不遠。高森鐵齋肯定是把兩隻小豬雕像交給寶生清太郎做為借款的抵押品了。不過。當時清太郎有沒有用黑道分子的語氣臭罵藝術家？則是不得而知。

「——那麼，這又有什麼問題嗎？」

「不，我只是有點在意而已。」

影山含糊其詞地將手中的書放回書架上。

「不過大小姐，書架裡也不像是藏了小豬擺設的樣子。排在架上的都是書籍呢。」

「是啊。這樣的話，到底是怎麼一回事呢？」

結果「銀之豬」並不存在於書房的任何角落。看來，兩人的搜索也只確認了這點就結束了。麗子忍不住在書房正中央抱住了頭。

「雖然不敢相信，但似乎只能承認了。『銀之豬』的確從書房裡消失了。可是，這到底是怎麼一回事？書房的門從裡頭掛上了門閂，而且影山還站在門外。換言之，書房這環境是雙重的密室。在這種狀況下，怪盜L要怎麼偷走『銀之豬』呢？就算偵探或部下之一是怪盜的共犯，也絕不可能把小豬擺設帶出書房。因為這麼做的話，走廊上的影山一定會發現才對。」

「您說得是。」

「這樣的話……」麗子面露挫敗感呻吟似地說：「看來怪盜L果真名副其實，是個足以在傳說中留名的奇蹟大盜呢。他宛若透明人一般躲過監視的目光，漂亮地從密室中竊走了寶物。」

羞愧過度的麗子緊咬嘴唇。面對這樣的她，管家彷彿諄諄告誡似地開口了。

「不，大小姐，透明人跟奇蹟大盜都不存在這個世界上。與其急著下這種曖昧的結論──」

這麼說完，影山筆直注視著麗子的眼睛，面帶嚴肅的表情說：

「大小姐，您不妨再稍微使用一下自己的大腦如何？」

使用大腦？麗子瞬間無法理解自己被說了些什麼。原本還心想影山說不定是在鼓勵自己，可是怎麼看都不像是那麼一回事。

「使用大腦……使用，大腦，動腦……啊啊，原來如此！」

麗子砰地敲了一下掌心，好不容易正確理解了管家發言的真意。「簡單來說，你的意思是『再給我多動動腦』對吧，影山。」

「正是──」這樣起了個頭之後，影山清了一下嗓子。然後他連忙改正態度，「不不，小的絕不敢對大小姐使用如此高姿態的口氣。」做出這番為時已晚的辯解。可是管家敷衍的態度，反而讓麗子的怒氣一口氣抵達沸點。

「別開玩笑了！你知道我有多麼努力運用自己的腦袋嗎！」

「可是看起來並不像那樣……」

「看得到還得了啊！就算看不出來，我的大腦還是在頭殼裡全速運轉啦！」

麗子指著自己的頭強烈表示其高速轉動的程度。不過，高傲的管家卻露出遊刃有餘的笑容，低頭看著這樣的麗子。

「原來如此。那麼，可以請大小姐也用一下那全速運轉的大腦，一起想想看嗎？」

「想什麼啦。如果是指密室之謎的話，我從剛才開始就在想了。」

「不，不是密室的事情。應該思考的是那個預告書。」

「你是說寫著前來領受『金之豬』的預告書吧。那又怎麼了？」

「您不覺得奇怪嗎?怪盜L為什麼要做出前來領受『金之豬』的假預告呢?」

「那還用說。當然是為了轉移警備的目標啊。怪盜L真正盯上的是『銀之豬』,可是卻故意在預告書上寫著『金之豬』,企圖讓我們將注意力從『銀之豬』轉移他處。這種手段很常見啦。」

「是這樣嗎?如果怪盜L的目的是轉移警備目標的話,在預告書上寫著『前來領受客廳的油畫』才是最好的辦法吧。故意寫上同樣陳列在書房裡的『金之豬』根本無法混淆視聽。結果書房依然加強了警備。」

「嗚……」感覺到癥結點被揪出來,麗子突然陷入沉思。「聽你這麼一說,確實是這樣沒錯。為什麼怪盜L要撒這種毫無意義的謊呢?」

「絕不是毫無意義,在這之中應該存在著有利於他犯案的什麼企圖才對。」

「你說——企圖?」麗子逼近影山,打算聽聽他的想法。

不過這時書房的門突然打開了。御神本帶著擔心的表情探頭進來。

「那個,大小姐,書房的搜索還沒結束嗎?還有,剛才我好像聽到大小姐像是慘叫似地大聲吶喊,那是怎麼一回事呢?什麼頭腦還是頭殼的……」

「不,沒有人在說任何有關腦袋的事情喔。」麗子紅著臉佯裝不知。

在這樣的麗子身旁,「書房的搜索已經結束了。」影山擅自這麼斷言。「書房裡的每個角落都找不到『銀之豬』。」

「什麼嘛，居然是白忙一場啊。」偵探流露出失望的神情。「如此一來，這起事件就變得越來越奇怪了。怪盜L到底使用了什麼魔術呢？」

「關於這點，我已經猜出一定程度了。要我為各位說明嗎？」

偵探似乎對影山意外的提議感到很懷疑的樣子。他不快似地盤起雙臂，從頭到腳打量著影山修長的身軀。

「什麼？你說自己能解釋怪盜L的犯行？區區寶生家傭人的你嗎？喂喂，你腦袋還正常吧？這可不是外行人解決得了的事件啊。」

看到御神本一副鄙視影山的態度，麗子不知為何火大起來。總覺得自己被瞧不起了。既然如此，我無論如何都要叫影山出馬，讓這個自我意識過剩的偵探跌破眼鏡。這麼想的麗子首先對偵探下令。

「御神本先生，請叫其他走廊上待命的人回到書房。」

然後轉身面向影山，對他下了其他命令。

「影山，解釋一下怪盜L的手法——要說得讓這位偵探先生也能聽懂喔。」

於是六名男女再度聚集在書房內。有御神本偵探跟助手朝倉美和、偵探的部下大松及中園，還有麗子與影山。在這之中，最不可能犯罪的一介管家，當著職業刑警與偵探們的面談論事件。雖然這是幅奇妙的光景，但影山卻毫不畏懼地環顧眾人，然後開口說道。

「首先，重新回顧一下御神本先生今天的行動吧。御神本先生認為『金之豬』被盯上了，於是命令大小姐打開『金之豬』的玻璃箱，自己親手確認裡頭的物體。不過，當時誰都沒有想到要打開『銀之豬』的玻璃箱。」

「那當然。因為預告書上連一個字都沒提到『銀之豬』啊。」

聽了御神本所說的話，影山默默點了點頭，接著轉身面向麗子。

「另一方面，根據大小姐的說法，兩個小豬擺設是高森鐵齋送給老爺做為借款的抵押品，『等到注意到時，兩者就都已經陳列在書房的玻璃箱裡了』。也就是說，大小姐自己從未把『銀之豬』拿在手上，確認那是什麼樣的作品。是這樣沒錯吧？」

「我的確是沒有拿起來過，可是這種事情看了就知道吧。『銀之豬』是銀製雕像喔。雖然以高森鐵齋來說是做得有點差啦。」

「為什麼您會認為那是銀製雕像呢？」

「你問為什麼……」麗子不禁結巴起來。

「大小姐之所以會認為『銀之豬』是銀製雕像，難道不是因為『金之豬』確實是用金製成的雕像嗎？」

「聽你這麼一說，或許真的是這樣沒錯。」

「可是，就算『金之豬』是黃金雕像，『銀之豬』也未必就一定是銀製雕像吧？」

「喂，你在說什麼啊。」御神本插嘴說：「如果『銀之豬』不是銀製雕像的話，那到底是什麼？白金嗎？還是鍍銀的鐵？再說，那個小豬擺設是銀是鐵都沒關係吧。小豬大小的擺設從密室狀態的書房內消失，仍舊是不變的事實啊。」

「不，御神本先生，這時候我們反倒應該逆向思考。如果那真的是小豬大小的銀製擺設——那就絕不可能從密室中一溜煙地消失。」

「嗯？這話是什麼意思？我完全不懂你想說些什麼。」

偵探誇張地歪著頭。影山彷彿懶得口頭解釋般將右手滑進西裝胸前的襯衣裡。

「那麼為了讓御神本先生也能明白，我就讓您看看證據吧。」

這麼說完，他從內口袋取出一個物體。那是綻放黯淡光芒的黑色棒子，麗子過去曾經見過。在一行人的注目之中，影山揮動了一下右手。於是棒子瞬間搖身一變，成了五十公分左右的鋼鐵武器。是伸縮警棍。不知道為什麼，影山當真把這個危險的武器視為管家工作上不可或缺的工具。

眾人頓時議論紛紛，御神本畏縮似地倒退了一步。

「你、你幹什麼！居然拿出這麼危險的東西，你、你是想幹架嗎！」

御神本在眼前撩起拳頭，宛如小混混恐嚇黑道般虛張聲勢。「要打就放馬過來！別看我這樣子，我可是有珠算一級、英檢三級的功力呢！」

這實在是太蠢了，根本連恐嚇都稱不上。要解決這種程度的對手根本用不著警棍，麗子這麼確信。可是，影山卻將警棍前端筆直地指向御神本。然後在下一個瞬間，他以快到雙眼無法捕捉的動作正面襲向偵探。

「咿咿咿咿咿——」

御神本嚇了一跳，連忙翻身閃躲。影山揮落的警棍前端掠過了偵探的身體。見影山認真地攻擊過來，御神本嚇得直打哆嗦。影山從揮空的最初一擊中瞬間重整姿勢，將警棍換到左手上，片刻不停地從側面揮出下一擊。於是警棍前端非常漂亮地命中了對方的背部。

「嗚呃——」書房內響起呻吟聲。

可是那並非御神本，而是女性的聲音。影山以警棍痛毆的是偵探助手朝倉美和的背。她僵硬地挺直背脊，端正的臉龐因痛苦而扭曲。

不可置信的光景令麗子瞪大眼睛，連忙插進朝倉美和與影山之間。

「你這是在幹什麼，影山！居然用警棍毆打柔弱女性的背，這可不是紳士應有的行為！我還以為你的重度ＳＭ喜好僅限於言語上，沒想到竟然到了這種地步——嗯？」

這時，麗子察覺到了。朝倉美和正站在自己背後——站著？

這不可能。影山盡全力揮下的警棍確實直接命中了她的背。受到那麼強烈的打擊，大部分女性都會痛得跪倒在地，絕不可能還能若無其事地站著。

「朝、朝倉小姐，妳沒事嗎？」

朝倉美和並沒有回答麗子的問題，反而倒退幾步拉開距離。然後她戒備似地環顧眾人，嘴裡突然發出哄笑聲。

「呵、呵呵、喔呵呵、喔呵呵呵、喔呵呵呵呵……」

「啊。」麗子瞬間理解了一切。「妳、妳是怪盜L的同夥吧！」

「同夥？不，不是的。」朝倉美和從容不迫地搖了搖頭，將手貼在自己胸前。「剛才從屋頂上飛走的是所謂的替身，我才是怪盜L喔。證據是你們正在找的『銀之豬』就在這裡——看！」

她將右手繞至背後，掀起褲裝背上的部分，從那裡取出了一個奇妙的物體。她右手高舉著一片板子。在書房燈光的照射下，那東西閃爍著銀色光輝。

在那一瞬間，麗子總算明白了。朝倉美和之所以受了影山一擊卻還是泰然自若，是因為藏在背後的這片銀板發揮了護具的功效。不過麗子還是無法理解她所說的話。

「妳、妳說這片薄板是『銀之豬』？別說傻話了！」

「不，這是事實，大小姐。」影山冷靜地說明。「大小姐深信是銀製雕像的『銀之豬』其實不是雕像，而是鍛件。」

「鍛件？那是什麼？」

「所謂的鍛件就是指金屬鍛造物。」

「金屬鍛造物？啊啊，金屬鍛造物啊。」麗子點了點頭，然後大叫：「我越聽越迷糊了！」

「所謂鍛造，是以鐵鎚或木槌敲打金屬胚料，使其延展立體化，進而塑形成物體，是金屬工藝的技法之一。工匠利用此一技法，將塊狀的金屬敲打成板金，做成筒狀或袋狀，然後製造出水壺或香爐等器具。藝術家也會利用同樣的技法製作佛像及動物塑像。我想您已經明白了吧，大小姐。」

「也就是說，『銀之豬』是高森鐵齋以鍛造法製作而成的小豬塑像吧。那個作品雖然有小豬那麼大，裡頭卻跟水壺一樣都是中空的嗎？」

「正是如此。它的表面恐怕遠比水壺等等要來得輕薄纖細才是。一旦拿在手上，大小姐應該會為其重量之輕而感到驚訝不已吧，可是，外表看起來卻像是一個厚重的銀製擺設。而且，旁邊的『金之豬』又是貨真價實的黃金雕像，所以任誰都會深信『銀之豬』就是一尊銀製雕像。朝倉美和，不，怪盜L就是利用了我們這種錯覺。」

「原來如此。我逐漸瞭解了。」麗子重新面對眼前的敵人。「朝倉小姐，在壺裡的咖啡下安眠藥的也是妳吧。泡咖啡的是我跟妳，所以妳有機會下手。妳按計畫讓我們睡著後，從玻璃箱內取出『銀之豬』，接著將它……」

「是啊，沒錯。我用腳把『銀之豬』踩成一片薄板，然後藏在褲裝背後。你們對此渾然不察，只是一個勁尋找小豬擺設，真是太好笑了。不過最後還是被那位聰明的管家先生識破就是了。」

「敝人並不聰明……」影山掩飾害羞似地用手指推了推銀框眼鏡。「只不過，假使『銀之豬』是鍛件的話，我認為要將它偷偷帶走，最好是打扁後藏在衣服背部底下。而能夠辦到這件事情的，除了妳以外就沒有別人了。大松先生跟中園先生在屋頂上時都脫掉了西裝外套，剛才摩娑御神本先生的背部時，我也親自確認過他的外套底下並沒有藏任何東西。」

於是影山猜想朝倉美和背後藏著銀板，才出手痛毆她的背部。那一擊絕非出自於他SM的喜好。明白這點後，麗子如釋重負地鬆了口氣。

不過那也只是眨眼間的事情，麗子心中很快湧現出新的疑問。

「朝倉小姐，妳把『銀之豬』壓扁了沒關係嗎？這樣的話，以藝術作品來說就已經沒有任何價值囉。」

「嗯，沒關係。」朝倉美和右手高舉著銀板。「因為『銀之豬』本來就不是藝術作品。這只是爺爺留下的失敗作，所以壓扁了也無所謂。」

「咦，『銀之豬』是失敗作！」麗子不由得大叫。的確，「銀之豬」感覺做工並不怎麼樣，御神本甚至還稱之為「蚊香豬」——「不過等一下。妳剛才是不是說了『爺爺』？妳說的爺爺是誰啊？呃，難不成——」

「沒錯。我是高森鐵齋的孫女，所以我要來取回『銀之豬』。爺爺不滿意『銀之豬』這件作品，堅決不肯發表。可是妳的父親，寶生清太郎卻以抵債為名，硬是帶走了那個被爺爺視為畢生汙點的失敗作。『要恨就恨你自己沒出息吧』——臨走前還丟下這種沒人性的話。」

「……呃，真的假的？」麗子羞愧得紅了耳根，在怪盜L面前低下了頭。「如、如果是這樣的話，對不起。我、我向妳道歉。爸爸完全不懂藝術，所以才會隨便挑個顯眼的東西帶走。他沒有惡意，只是嗜錢如命而已。而、而且妳爺爺還不出錢也有不對。話說回來，不管理由是什麼，當小偷總是不太好吧——對吧，影山。」

「您說得是。就算老爺過去曾經做出宛如魔鬼般的行徑，那也不能為怪盜L的犯行正當化。」

雖然影山說話時是以父親過去曾有過宛如魔鬼般的行徑為前提，但現在不是確認這點的時候了。麗子把尷尬的話題丟到旁邊，往前踏出一步。

「總之，竊盜行為是不能容許的。妳死了這條心吧，怪盜L！」

「妳說的的確有道理。」這麼說完，怪盜L朝倉美和注視著麗子。「那麼這就還給妳吧！」

這麼大叫之後，她立刻將手裡的「銀之豬」殘骸扔向麗子。

銀板彷彿唱片般飛過空中。麗子害怕得全身僵硬。不過，眼看著銀色凶器就要襲擊麗子的喉嚨時，影山手中的警棍一閃。麗子眼前迸發激烈的火花，下一個瞬間，銀板插進了地面。

「——請小心，大小姐！」

「影影、影山！」麗子全身脫力，忍不住攀住了管家的袖口。

這時，朝倉美和忽然對著御神本猛衝。偵探的身體被突如其來的衝撞撞飛，連帶的，他身後的兩名部下也背部著地乒乒乓乓地跟著倒下。趁著場面混亂，女賊穿過書房的門逃向走廊。

「喂，你們還在發什麼呆！快追，別讓那傢伙逃了！」

御神本在地上掙扎著對兩名部下發號施令。大松及中園，還有最後站起來的御神本同時奔出房間。麗子跟影山也緊跟在他們後頭。

「去屋頂！我覺得那傢伙又會從屋頂上逃走！」

走廊上響起御神本的聲音與眾多人馬的腳步聲。麗子跟影山一起跑上通往屋頂的階梯。不久，當麗子再度抵達屋頂時，朝倉美和人已經在屋頂的最邊緣了。御神本等人包圍著女賊縮短距離。不過，站在建築物邊緣的她，尖聲恐嚇眾人：

「不要再靠過來了！要是靠過來的話，我就從這裡跳下去！」

「妳、妳說什麼。」御神本不屑地說。「妳想跳儘管跳啊。」

「不行！」麗子連忙制止。「別做傻事！要是妳死掉的話，風祭警部就會跑來這裡了。那對我來說很困擾啊！」

「大小姐，現在不是擔心這種事情的時候了。」

可是真的會很困擾嘛，正當麗子這麼碎碎念的時候，熟悉的聲音突然從她背後急速接近。

馬達的運轉聲響徹上空。麗子嚇了一跳，抬頭仰望天空。視線前方可見剛才在夜空中飛舞的動力飛行傘，以及操作著它的面具男。

是怪盜L，不，是替身。也就是朝倉美和的共犯。

一道繩梯從飛行傘上垂落下來。麗子瞬間理解了她企圖採取什麼行動。怎麼可以讓妳逃走，麗子這麼心想著往她直衝。飛行傘的黑影掠過麗子，搶先飛去。這時，站在建築物邊緣的朝倉美和突然往空中縱身一躍。啊，麗子嘴裡不自覺發出慘叫聲。不過下一個瞬間，暫時消失的她卻抓著繩梯高高飛到了麗子頭上。

「怎麼樣啊？寶生麗子小姐！妳抓得到就儘管來抓吧！」

怪盜L朝倉美和，臨走時朝麗子頭頂丟下這句挑釁的話語。寶生家並沒有什麼東西遭竊，只是失敗的藝術品被破壞罷了。不過即使如此，麗子心中還是充滿了挫敗感。

怪盜L，多麼可怕又可憎的傢伙啊！

「呵、呵呵、喔呵呵呵、喔呵呵呵呵、喔——呵呵呵呵！」

怪盜L發出熟悉的哄笑聲，同時乘著飛行傘悠然地在寶生邸上空繞行。麗子只能在屋頂上咬著手指乾瞪眼。「喂！放馬過來啊，妳這個叛徒！」御神本彷彿不堪一擊的不良少年般挑釁著過去的助手，不過怪盜L壓根沒把他放在眼裡吧。把這個偵探找來寶生家根本就是個錯誤，麗子為此深深反省——我再也不拜託這個廢物了！

不久，充分享受過勝利者的繞場遊行後，怪盜L與共犯便將飛行傘的行進方向轉往滿月。沐浴在月光之下，怪盜L的剪影逐漸遠去。看著女賊的身影變得越來越小，影山開口詢問麗子。

「該怎麼辦呢？大小姐。要報警嗎？」

「這個不用問也知道吧。」

麗子毫不猶豫地斷言。「——絕對不行！」

以怪盜L為中心的離奇事件就這樣自黑暗來，又葬送在黑暗之中。

第四話

殺人時請利用腳踏車

1

說起興建於國立市某處的寶生邸，那是從鋼鐵、化學，到鐵路、流通、出版，甚至是本格推理小說，各行各業肆意涉足經營，並且超乎必要的死命吸金的巨大複合企業——「寶生集團」的總裁寶生清太郎的宅邸。在寬敞得浪費的餐廳裡，清太郎的獨生女麗子一如往常地享用著晚餐。

雖說一如往常，這晚餐好歹是出自於舉世聞名的世家餐桌。包括以烤得恰到好處的紅椒漬為首，然後是南瓜冷湯、奶油煎鮭魚、香草烤羔羊，餐點味道與豪華的程度，遠遠凌駕在這一帶的高級餐廳之上。另一方面，接連不斷將端上的料理送進嘴裡的麗子，胃袋容量也遠遠凌駕一般ＯＬ。

「甜點方面，準備了覆盆子慕斯及義式芒果冰淇淋兩種。」

您需要哪一種呢？面對向自己請示意見的管家，麗子彷彿理所當然一般的做出選擇：「謝謝，我兩個都要。」

儘管攝取了如此大量的食物，麗子卻依然保持苗條體態，從未發胖。原因出在她的職業。她工作的地方不是什麼「寶生集團」東京總公司的社長室——而是警視廳國立市警署的辦公室。而且，身為一介新人刑警的她，每天都被討厭的上司頤指氣使。因此她的勞動量恐怕遠遠凌駕一般ＯＬ。這也就是她怎麼吃都不會胖的原因。麗子反而很認真的擔心，不知自己會不會因為過度壓力而消瘦。

這樣的她，眨眼間將端上餐桌的兩種甜點掃進強韌的胃袋裡，然後啜飲著高腳杯內的紅酒，唐突地對身旁服侍的管家發問。

「欸，影山，這個家裡有腳踏車嗎？」

在管家耳裡聽來，她的問題應該很莫名其妙吧。不過影山卻以指尖輕輕推了推銀框眼鏡，帶著沉穩的表情回答她的問題。

「大小姐，寶生家中從家用噴射機到電動輪椅，各種交通工具應有盡有。區區腳踏車當然也有。而且多到可以拿出來叫賣了。」

「這麼多？」聽了影山所說的話，麗子毫不掩飾驚訝。在這座奢華的宅邸中，麗子從未見過腳踏車這種平民化的交通工具。「在哪裡啊？給我看看！」

那麼，我來為您帶路——影山恭敬地行了一禮之後，便帶著麗子前往夜晚的庭院。

在遼闊到據說連園丁都會失蹤的寶生邸庭院中，影山漫步穿越，引領麗子來到某座建築物。鐵捲門緊閉的森嚴外觀，猶如恐怖分子的指揮所，或者是祕密結社的基地。「——這棟建築物是什麼啊？」

影山在入口處的鍵盤上敲打著像是密碼的數字。

「是老爺的祕密車庫，而且是腳踏車專用的。」

影山這麼回答的同時，車庫的鐵捲門開始上升。出現在門後的空間簡直就像腳踏車博物館。擦得光亮的各種腳踏車擁擠地並排在一起。

「居然有這種地方。想必這也是爸爸亂花錢所成就的結果吧。」

「是的。寫做『成就的結果』，念做『成果』。此處正是大量放置了老爺短暫熱中於收集腳踏車的成果。您還滿意嗎？」

「嗯，非常滿意。」麗子只能嘆著氣點了點頭。「話說回來，雖然這裡有很多種腳踏車，但其中最……」

「是，其中最推薦的是這臺。」影山走向陳列在車庫一隅，造型十分罕見的黑色腳踏車。「這是七〇年代風靡一時，附有小型懸垂把手的少年用腳踏車。大小姐，請看看這個設置在後方臺座上的巨大方向指示器！當時的少年們個個都為如此嶄新的造型而痴狂。如今已經很難看到保存狀態這麼好的東西了。您覺得如何呢？」

麗子仔細端詳著影山介紹的腳踏車。

「喔，昭和時代的男孩子都騎這種花俏的腳踏車啊——欸，影山！為什麼我非得特地來看這種懷舊的腳踏車不可啊！」

「您不喜歡嗎？」影山難得露出困惑的表情。「那麼大小姐，您到底是在找什麼呢？最貴的腳踏車？最漂亮的腳踏車？還是金腳踏車？又或者是銀腳踏車？」

「不，我正在找的是非常普通的鐵腳踏車——不對！」

麗子忍不住跺著腳譴責影山：「這是哪齣鬧劇啊。你以為在演『金斧頭，銀斧頭』

嗎？就算是這樣，我當然是扮演池中女神，而你才是扮演樵夫的角色吧！」

「您生氣的點是這個嗎？大小姐。」

「不，不對。呃，是什麼來著？」得冷靜下來才行。麗子恢復原本的自我大叫。「對了！我在找最快的腳踏車。金的也好銀的也好，只要夠快就行了。好了，快點把最快的腳踏車拿來吧。」

影山聽從麗子的命令，暫時消失在車庫深處，然後抱了一臺腳踏車回來。腳踏車構造單純，就算說僅由車架、輪胎、把手、坐墊，還有踏板與鏈條所構成也不為過。麗子看著那極簡而散發獨特機能美的車體，呢喃著說：

「沒有附煞車呢。難不成這是競賽用腳踏車嗎？」

「正是如此。平常看到的腳踏車中，沒有速度比它更快的車種了。老爺到底是打著什麼樣的算盤買下了這臺腳踏車呢？老實說，這點我也百思不得其解……」

「我也有同感。」爸爸是想成為自行車賽車選手嗎？麗子難以推測父親真正的用意，不過這先姑且不提——「這臺腳踏車不能騎上馬路呢。不行吧，就算再怎麼快，沒煞車也太危險了。」

「哎呀，只要躲著警察偷偷騎就行了，大小姐。」

「這是該對現任刑警說的話嗎？」

麗子狠狠瞪著影山裝模作樣的臉。「我說影山啊，你是不是誤會了什麼啊？」

「這個嘛，別說誤會了，我完全不明白大小姐想做什麼。速度快的腳踏車有什麼問題嗎？話說回來──」

一瞬間，影山眼鏡底下的眼眸射出明亮的知性光輝。「前不久在立川發生了一起事件。那起事件的搜查觸礁了嗎──？」

雖然影山表面上是個侍奉寶生家的忠誠管家，但是另一方面，這男人也在犯罪搜查上發揮出卓越的能力。這點對麗子來說難能可貴，同時也令她大為惱火。

「這個嘛，要說觸礁也的確是觸礁了。」

麗子曖昧地點了點頭，不過她隨即在眼前揮了揮雙手。「可是你別誤會了。犯人幾乎已經確定了，解決事件只是時間上的問題，只不過還有些矛盾的地方就是了……」

「是。您說的矛盾點是？」

不敵影山那彷彿要穿透自己眼裡的視線，麗子對他丟出了觸及事件核心的問題。

「如果有個腳力很強的人，騎著這臺腳踏車全力疾駛的話──」

「是──全力疾駛的話？」

「你覺得能夠在十五分鐘內往返五公里的距離嗎？」

「在十五分鐘內往返五公里？」

影山僅是輕輕點了點頭，瞬間就理解了這個問題的本質。「也就是時速四十公里吧。嗯，聽說公路自行車賽的顛峰『環法自行車大賽』的平均速度，差不多就是那麼快，可是，一般人不太可能騎出這種速度吧。不過，假使是自行車賽的職業選手，或許就能辦到也說不定。」

才剛聽完影山尖銳的指摘，麗子便不禁為之讚嘆。看來這次事件也只能仰賴這男人的推理了。認命了的麗子，開始對影山述說事件的詳情——

2

立川市發現了死於非命的女性屍體。寶生麗子接獲第一手消息前往現場，是在即將進入梅雨季的六月上旬平日。在立川市砂川町的住宅區一角，從五日市幹道市區轉進小巷子的一棟透天厝，有人發現了屍體。

麗子穿著黑色褲裝，配上黑框裝飾眼鏡，長髮綁在後腦杓，以這一身工作打扮抵達了現場。她在屋子門前發現了沐浴在燦爛陽光下，閃爍銀光的銀色塗裝Jaguar。麗子忍不住想掉頭離開，提前去享用午餐——雖然內心受到這種衝動所驅使，但畢竟這是工作。麗子下定決心，心不甘情不願地穿過屋子的大門。

掛在門柱上的厚實名牌，以金色的古風字體寫著「佐佐木」的姓氏。

豎立在眼前的是兩層樓的老舊日式房屋。穩重的瓦片屋頂與門面加寬的玄關別具風格。麗子在制服巡警的帶領下進入屋內。

經過木地板的走廊後，可以看到寬敞的餐廳。又黑又亮的木地板上擺著餐桌跟椅子，牆邊有低矮的廚櫃及小型電視。跟英文的「Dinning room」相比，這個充滿懷舊味道的空間更適合用「食堂」兩個漢字來稱呼。不過，這間食堂中央的奇妙光景，卻讓人不得不萌生詭異的感受。

「這、這是什麼……」

看到的那一瞬間，麗子不由得倒抽了一口氣。

食堂裡的長方形餐桌旁放著四張椅子，除此之外還有另一張椅子。那是在家庭餐廳經常看到的兒童座椅。狀似梯子的臺座上設有小小的椅面與靠背，是為了讓矮個子的幼兒能夠跟大人同桌吃飯的椅子。可是如今那張椅子上——卻坐著一位老婦人。不，應該說被放在上面吧。

年長的女性好像很侷促地坐在狹窄的椅子上。上半身穿著藍色羊毛衫，底下是深棕色長褲。說實話，老婦人的衣著實在很不起眼。她的身體一動也不動。嬌小的她，在身體緊緊塞進兒童座椅裡的狀態下，身體已經變得冰冷了。

「為、為什麼要對被害者做出這種事情……」

麗子看著老婦人的屍體，聲音顫抖了起來。「對死者的褻瀆」，她腦海裡浮現出這句常見的話。

當然，麗子並不認為將屍體放進兒童座椅裡的行為可以用這麼單純的一句話來解釋，可是——

「這無疑是對死者的褻瀆啊。妳不覺得嗎？寶生！」

此時，喜歡用常見的話語解釋一切的人物正好在食堂裡出現了。不用說，這個人就是風祭警部。國立市警署引以為傲的年輕精英刑警，他的真實身分是以「犧牲省油率也要講究帥氣」而為人所熟知的著名汽車製造商「風祭汽車」創業家的少爺。曾被謠傳會不會是花錢買下警部頭銜的他，正是麗子的直屬上司，也是導致她壓力過大的元凶。

「啊，警部，早安。」麗子以指尖推了推裝飾眼鏡後，先以問題代替寒暄問候上司。「您剛才說了對死者的褻瀆是嗎？」

「啊啊，沒錯。因為真的就是這樣啊。死後將人放進兒童座椅裡，讓這副模樣暴露在眾多調查員面前，甚至還被拍下照片。對死者而言，沒有比這更屈辱的事情了。」

這麼說的風祭警部，身穿著醒目到讓人忍不住想問他是不是準備要參加婚禮的純白西裝。這種不合時宜的打扮，不也是一種對死者的褻瀆嗎？儘管在心中這麼低聲挖苦，麗子姑且還是做個稱職的部下，贊同了警部的主張。

「的確，警部說得或許沒錯。那麼，這是起仇殺事件嗎？」

「不，要斷定是仇殺還太早了。妄下結論是偵辦的大忌喔，寶生。」

嘖嘖嘖，風祭警部咂著舌，在麗子眼前搖動食指。看了他那已經超越裝腔作勢、到達滑稽程度的舉動——你以為自己是宍戶錠（註3）嗎？麗子忍不住在心中這麼瘋狂吐槽。

當然，警部完全解讀不出麗子的心理，所以臉色一點都沒變。他是那種會發自內心誤以為自己很帥氣的人。

在這樣的風祭警部指揮下，麗子等人開始正式進行調查。

被害者的身分，證實為住在這個家的佐佐木澄子。澄子今年七十二歲，靠年金度日。丈夫過世後，她獨自在這棟房子裡生活。從屍體脖子上留有像是被繩子勒過的痕跡看來，澄子應該是被人勒斃的。食堂跟其他房間都沒有遭到破壞的跡象，被害者錢包內的財物也沒被動過。

「看來這似乎不是單純的強盜殺人案呢——會是仇殺嗎？」

「……………」剛才我已經這麼說過啦。結果警部不是回答我說「妄下結論是偵辦的大忌」嗎？您忘了嗎？麗子以冷冰冰的視線瞪著上司。

彷彿肌膚感受到麗子投來的冰冷視線，風祭警部渾身顫抖了一下。

「不、不，暫且先不論斷是不是仇殺，總之，先找第一發現者問話吧。」

麗子與風祭警部前往其他房間，跟事件的第一發現者見面。

註3　日本的演員，常扮演刑警。

發現佐佐木澄子屍體的是一位名叫丸山美鈴的年輕女性。丸山美鈴每天上午都會到佐佐木家幫助澄子處理家事，是所謂通勤的幫傭。聽說今早她也一如往常地來到這個家，在玄關處按下門鈴。

「——不過只有今天沒人回應。我心想，太太是不是外出了，於是拿起手機打電話找太太，可是電話也打不通。覺得忐忑不安的我繞到後門一看，後門的鎖是開著的。我打開門窺探屋內，廚房沒有異狀。不過，當時我稍微看到了廚房旁邊餐廳的景象，我忍不住大聲尖叫。因為我看到坐在兒童座椅上的太太。」

「妳立刻知道她已經死了嗎？」風祭警部問。

「我無法正確判斷太太是不是死了。可是因為那景象顯然很奇怪，我很肯定這情況不對勁。我立刻衝進廚房，近距離觀察太太的樣子。我就是在那個時候知道太太已經過世了。」

「原來如此。所以妳馬上打了一一〇報警吧。」風祭警部重重點了一下頭，然後轉換話題。「話說回來，澄子女士平常的生活情況怎樣呢？她既然雇得起幫傭，可以想見，以靠年金過活的人來說，她的生活還算得上寬裕。」

「是的，您說得沒錯。聽說已故的先生從事不動產方面的生意，是個很厲害的資產家。繼承了遺產的太太，生活上感覺好像到死都不用為錢所苦的樣子。」

「嗯。的確，她在到死都不用為錢所苦的情況下過世了——」警部言詞上稍微展現了一點黑色幽默。「順便請教一下，在妳眼裡看來，澄子女士是個什麼樣的人呢？」

聽了警部的問題，丸山美鈴面露沉痛的表情，雙手貼在胸前。

「太太是個生性溫柔，人見人愛的人。不僅受附近鄰居歡迎，對身為幫傭的我也很好。」

「原來如此，真是個了不起的人呢。」警部感慨地點了點頭，然後溫柔地將手放在她肩上，對著她耳邊低訴惡魔的耳語。「──那麼實際上又是怎麼樣呢？」

於是丸山美鈴彷彿聽到魔法的咒文般，態度為之一變。

「是。太太本性惡劣，人人都敬而遠之。不僅被附近鄰居疏遠，每天還把身為幫傭的我當奴隸使喚。好像有錢最大一樣，不管對誰都擺出一副臭架子。除此之外又頑固小氣、愛刁難人，而且還愛慕虛榮！喜歡自吹自擂和講別人壞話，更勝過對他人感恩！明明自己借了書都不還，借出去的錢卻連一百元銅板都要討回來！啊啊──真受不了，有錢人就是……」

「住口──！什麼都不要再說了──！」

風祭警部突然摀住耳朵，緊緊閉上眼睛大聲疾呼。

「──？」麗子歪著頭，向喘著粗氣的上司問道：「您怎麼了？警部。」

「沒、沒什麼，我不知怎的火大了起來，感覺好像自己被批評了一樣……」

原來如此，的確，丸山美鈴激進的發言，大概有一半也適用於警部。話雖如此，幫傭不可能看出警部是個本性頑劣的公子哥兒，所以這無疑只是偶然。總之，代替心理受創的風祭警部，這回換麗子繼續詢問幫傭。

「被害者的人品我們大致了解了。這樣的話，她周遭一定有討厭或痛恨她的人才對。關於這點，妳有頭緒會是誰嗎？」

「想殺害太太的人是嗎？不不不，我根本無法想像太太身邊會有人抱持如此可怕的想法……」

「是嗎？大家都是好人呢。」麗子深深點了點頭，然後效法剛才警部做過的，將手放在幫傭肩上。「──那麼實際上呢？」

「是。其實我大概知道一個人，是個名叫平澤健二的男人。他是太太的外甥，沒有留下子嗣的太太，現在唯一一個親戚只有他。」

「唯一的親戚？這麼說來，該不會只要澄子女士一死，那個平澤健二就能得到她的遺產吧？」

「是，應該是這樣沒錯。正確說來，雖然太太對外甥平澤健二沒太多感情，卻打心裡喜歡平澤的獨生女美奈。對太太而言，美奈大概是近似孫女的存在吧。所以太太似乎不反對讓平澤健二繼承自己的財產。沒記錯的話，遺書上應該也是這麼寫著的。」

「是這樣啊。」麗子盤起雙手，然後忽然意識到。「那麼，死者坐著的那張兒童座椅原本是給美奈坐的椅子囉？」

「是的。平澤健二偶爾會帶著妻子江里子跟女兒美奈到這個家裡來玩。當時美奈坐的椅子就是那張兒童座椅。」

「喔喔，真可疑啊。」從創傷中復活的風祭警部從旁插嘴。「那個叫平澤健二的男人極度可疑呢——順便請教一下，那個叫平澤的男人最近生活狀況如何？是否為錢所苦？說起來如此可疑的他，平常到底是幹什麼的？」

「目前無業。所以他十分有可能為錢所苦。」

聽到無業這個字眼，警部跟麗子忍不住面面相覷。雖然有了妻子女兒，丈夫卻無業，這是怎麼一回事呢？麗子對丸山美鈴提出單純的問題。

「那個叫平澤健二的人失業前是做什麼的？」

於是丸山美鈴對麗子他們說出了意想不到的職業。

「其實他曾經是自行車賽車選手，不過現在已經引退就是了。」

3

「那個幫傭說得沒錯，平澤健二過去曾經是自行車賽的職業選手。」

行駛於五月市市區的便衣警車內，風祭警部輕快地操控著方向盤，同時得意洋洋地對副駕駛座上的麗子說：「雖然實力不到頂級，但平澤似乎擁有還算不錯的人氣與高額收入。不過，平澤大約四年前發生摔車意外傷到了腰，自此之後成績始終低迷。結果在無法恢復過往榮景的情況下，兩年前他就這麼從第一線上退隱了。之後一直都沒有固定職業——以上是某位在立川自行車賽車場打滾了約三十年的消息靈通人士所提供的情報。」

「您的情報來源還真多呢，警部。」麗子發自內心感到佩服。

「還好啦。」警部露出欣喜的表情。「對了對了，說到情報，我還有另一個寶貴的情報喔。」

「是什麼情報呢？」

「其實國立市最近開了一家道地義式料理的店呢。下次我想帶妳一起去……」

「啊，警部，好像就是那邊了。」

麗子打斷上司的邀請指向前方。

警部輕輕咂舌，把車停了下來。

從被害者自家所在的立川市砂川町出發，沿著五日市幹道往東行駛五公里。那裡是交雜著全新住宅與從前遺留下來的田地，被稱為國分寺市北町的地區。嫌犯平澤健二的家就坐落該區域一隅。白色外牆的兩層樓建築，還有鋪著草皮的美麗庭院。單就外觀來看，感覺平澤家過著相當富裕的生活，但不難想像實際情況已經火燒屁股了。

麗子與風祭警部下了車，來到平澤家的玄關，按下門鈴。出現的是個身穿運動服，身高體重都遠遠超越日本人平均體格的青年男子。他就是平澤健二沒錯。警部掏出警察手冊表明來意後，平澤嚇了一跳似地瞪大了原本細小的眼睛。

「——您說阿姨被殺了？這是真的嗎？刑警先生。」

總覺得平澤的反應有點矯情，是錯覺嗎？麗子以疑惑的眼神打量嫌犯。平澤健二帶著狐疑的麗子與風祭警部前往自家客廳。

「內人去幼稚園接女兒了。不好意思，請兩位將就一下。」

平澤將寶特瓶茶飲送到刑警們的面前，然後在正對著麗子他們的沙發上坐下。

「話說回來，兩位到底想問我什麼事情呢？」

「沒什麼，只是例行的問題罷了。不會花你太多時間。」

風祭警部翻著手冊發問。

「你跟澄子女士是什麼關係？」「澄子女士的為人？」「澄子女士的樣子有沒有什麼奇怪之處？」「話說回來，你現役時代的年收入是？」「賭自行車賽的必勝法是？」——等等。

的確，無論哪個都是很常見的問題。

面對這樣的警部，平澤滔滔不絕地道出了中規中矩的答案。看樣子他好像事先就料到會被訊問了。只不過，說到現役時代的年收入時，他只回答一句「祕密」便閉口不提，關於必勝法則是斷言「沒有」。

過了一會兒，客廳充滿了和緩的氣氛。平澤臉上露出遊刃有餘的表情。就在這時，風祭警部彷彿將此刻視為決一勝負的關鍵般，瞪著平澤單刀直入地問道：

「話說回來，平澤先生，昨天晚上九點的時候，你人在哪裡做些什麼呢？」

昨天晚上九點，這是經過驗屍之後推測出來的被害者死亡時間。正確一點說，佐木澄子應該是在以晚間九點為中心的前後一小時之間遭到殺害。

簡而言之，警部發問的用意在於調查不在場證明。平澤似乎也馬上感覺到他的企圖了。遊刃有餘的神色自他臉上消失，轉而浮現不高興的表情。

「刑警先生，難不成您是懷疑我殺了阿姨嗎？要瞎猜也該有個限度吧。我才不可能殺害阿姨。」

「喔。所以你昨天晚上有不在場證明囉。」警部那挑釁似的態度，在部下麗子看來也是可憎到令人想痛打他一頓。如果是嫌犯的話，應該更是這麼想吧。

平澤彷彿壓抑著湧上心頭的怒火般用力握緊拳頭，這麼回答了警部的問題。

「是啊，要說不在場證明當然有。因為昨晚我家來了客人。」

「──嗚。」警部瞬間倒抽一口氣，然後故作鎮靜的說：「喔，是什麼樣的客人呢？」

「是我從學生時代開始的朋友，叫做福田跟松下的兩名男性。我邀請他們來家裡玩。他們在晚上七點的時候到我家拜訪。然後我們閒聊一會兒，吃吃內人親手做的料理，接著喝酒——最後他們大約在晚上十一點左右回去了。」

「喔，是這樣啊。所以說，七點到十一點之間，你一直跟那兩人在一起囉？」

「當然。我和內人江里子都一直跟他們在一起。」

這麼說完，平澤像是突然想起什麼似地馬上補充說：「啊啊，不過我中途曾經短暫離席喔。大概離開了十五分鐘左右吧。」

「十五分鐘？這段時間你做了什麼呢？」

警部言下之意是「這段時間你殺了人嗎？」。不過平澤卻若無其事地回答：

「沒什麼，只是去抽菸罷了。福田跟松下兩人都不抽菸，而且我也規定自己不能在內人面前抽菸。所以我獨自離開客廳，到二樓的陽臺抽了兩根菸，然後才又回到客廳。」

「期間大概是十五分鐘是吧。順便請教一下，那大概是幾點的事呢？」

「這個嘛，沒記錯的話，那是在吃完飯正準備開始喝酒的時候……差不多九點左右吧。」

「九點！」這時間跟被害者的推測死亡時間完全一致。風祭警部從沙發上向前挺身。「昨天晚上九點左右，你從客人們面前消失了十五分鐘。是這樣沒錯吧。」

「是的，沒錯。可是刑警先生，您該不會是想說——我在短短十五分鐘內去殺死阿姨，然後又跑回來吧？這是不可能的。阿姨家在立川市砂川町，跟位於國分寺市北町的我家距離有五公里之遠。來回的話就有十公里喔。」

「可、可是十五分鐘跑完十公里就是時速……時速……」警部額頭冒汗呻吟似地說。「總、總之，那不是全然不可能的事情！」

「那個，警部。」坐在旁邊的麗子輕咳一聲，「是時速四十公里喔。」對不擅計算的上司悄聲耳語。警部恍然大悟似地表情一亮，再度轉頭面向嫌犯。

「以時速四十公里移動的話，就可以在十五分鐘內往返兩家。只要開車就能犯案了。」

「或許是這樣也說不定，不過很不巧，我不能開車。因為我根本就沒有駕照。您可能會覺得我在說謊，可是這是真的。我可以若無其事地騎著腳踏車在賽車場的傾斜坡道上疾速奔馳，卻很怕在一般道路上開車。要是撞到了人該怎麼辦？」

「你問我我問誰……你真的沒有汽車駕照嗎？」

「是的。不光是我，其實連內人也沒有駕照。所以院子裡並沒有停放自用轎車不是嗎？我家根本就沒有什麼車啊。」

沒有車跟駕照，所以不可能以時速四十公里往返現場與自家，平澤是這麼主張的。不過，也常常有高中生無照駕駛，沒車的話，想辦法弄來就是了。再說，他又是個前自行車賽車選手……

「如果是時速四十公里的話，腳踏車好像也辦得到呢。」

聽了麗子下意識脫口而出的話，平澤不悅地癟著嘴。

「您說得倒簡單，時速四十公里可是一流公路競賽選手才跑得出來的速度喔。我是自行車賽車選手，不是公路競賽的專家，沒有接受過以這種速度騎十公里的訓練。這樣妳懂了嗎？刑警小姐。簡單來說，自行車賽車選手是短跑選手，公路競賽選手則是長跑選手。而且——」

平澤手摸著自己的肚子露出自嘲的微笑。

「從第一線退隱下來都已經過了兩年，體能當然也會衰退。如果是活力充沛的現役時期也就算了，現在的我絕不可能以時速四十公里跑完十公里的距離。」

是這樣嗎？對腳踏車不了解的麗子沉默不語。警部接著發問。

「你現在已經完全不騎腳踏車了嗎？」

「沒有不騎，只是當作興趣偶爾騎騎而已。」

「所以你有腳踏車囉。」

既然如此，風祭警部彷彿這麼說似地從沙發上起身。「可以讓我們看看你的腳踏車嗎？」

嗯，沒問題——平澤健二帶著兩名刑警走出客廳。

腳踏車是停放在家門前或倉庫旁的東西，麗子心中存在著這種先入為主的觀念。不過，腳踏車似乎也是形形色色。平澤健二帶著刑警們來到了一樓的某個房間。鋪著木地板的雅致空間似乎是他的私人房間，架子上擺放著許多獎盃，腳踏車相關書籍則塞滿了書架。

這個房間的牆邊停著一臺腳踏車。不，應該說是刻意展示吧。在麗子眼裡看來，擦得光亮的腳踏車彷彿精緻的工藝品或美術品。

「喔，好棒的公路競賽車啊。」警部彷彿用眼神舔過一遍似的打量車體。「跟我在騎的很像。也就是說，這一臺大概一百二十萬左右吧。」

「不、不，沒有貴得那麼誇張啦。」出自警部口中的離譜金額令平澤目瞪口呆。「不過，我的也要三十萬左右就是了。」

「哎呀，三十萬的車也很不錯喔。」

「…………」怎麼？警部。剛才您是在假裝不經意地自吹自擂嗎？您只是想吹噓自己的腳踏車要價一百二十萬吧？麗子對警部的厚顏無恥感到瞠目結舌。

在這樣的麗子面前，警部蹲下來仔細觀察公路競賽車的各個部分。

「怎麼樣？刑警先生。有發現什麼可疑之處嗎？」

面對語帶挑釁的平澤，警部霍地起身，帶著滿臉笑容這麼回答。

「不，什麼都沒有。無論是積在胎紋溝槽裡的泥沙，還是腳踏板的汙垢，甚至連把手的指紋也被擦得乾乾淨淨，一個都不留。保養得真是無微不至呢。」

「湮滅證據」一詞差點就要從警部嘴裡竄出來了。

「哈、哈哈。」平澤以乾笑聲回應警部的冷嘲熱諷。「就是說啊。別看我這樣子，畢竟我也是前職業選手，對腳踏車的保養自然相當講究——好了，已經可以了吧？刑警先生。差不多快到內人女兒回來的時間了。」

平澤拐彎抹角地下達逐客令。兩名刑警心不甘情不願地前往玄關。風祭警部恭敬有禮地向平澤道別。

「那我們就此告辭。不過，近期之內我們還會再來，到時候還請多多指教。」

「是嗎？請務必再度光臨寒舍。」

跟說出口的話相反，他的口吻強烈透出了「不要再來」的意思。

不過就在踏出平澤家玄關的時候，兩位刑警正好迎面碰上了一名濃妝豔抹的女性。女性右手提著超市的塑膠袋，左手牽著身穿幼稚園制服的可愛女孩。

化濃妝的女性肯定是平澤健二的妻子江里子，幼稚園小朋友則是女兒美奈。

「哎呀，妳好妳好。」風祭警部對眼前的女性露出拿手的笑容。「妳就是夫人吧。不好意思，妳不在的時候還來叨擾。剛從幼稚園回來嗎？每天接送真是辛苦呢。順便請教一下，令嬡幾歲了呢？喔，五歲啊。幼稚園念哪間呢？」

「呃，那個，小女是上『海鷗幼稚園』……在立川市那邊……」

江里子含糊地回答，同時以視線詢問丈夫——這個裝模作樣的男人是誰啊？

江里子無言的發問似乎正確傳達給丈夫健二了。「這兩位是國立市警署的刑警。」

平澤健二指著警部與麗子解釋。然後健二簡潔地告知江里子佐佐木澄子被殺害的事。

「咦，真的嗎！」江里子驚訝地大叫，不過跟健二那時候一樣，她的反應感覺也有些矯情。麗子開始意識到這已經不是自己的錯覺了。

對這對夫妻來說，佐佐木澄子的死恐怕不是值得驚訝的事情。

「我剛回答完刑警們所有問題，現在他們正準備要回去了。這下正好，妳送他們到門口吧。」

「好的。那麼刑警先生，請往這邊走。」

平澤夫妻憑藉著完美的默契，合作無間地送走警部與麗子。

「那我們告辭了。」莫可奈何之下，麗子只好向江里子打招呼道別。另一方面，風祭警部拍拍戴著黃色帽子的美奈的頭，面露假笑說：「再見啦，小姑娘。」

於是美奈對著身穿白色西裝的警部揮動小手，說出沒有任何虛假，很像是五歲小孩會說的話。

「——掰掰，穿著白色西裝的怪叔叔！」

4

「在那個年紀的女孩子眼裡看來，我像是個大叔嗎？」

風祭警部一面不滿地碎碎念，一面坐進便衣警車的駕駛座後，馬上用後照鏡確認自豪的笑容。「嗯，怎麼看都只像個帥氣的大哥哥啊……那孩子視力不好嗎？」

「這個嘛，誰知道呢？」

不，視力非但沒有不好，甚至還稱得上眼光卓越呢，麗子敬佩地心想。居然在第一次見面的瞬間，就看出警部是個怪人，不愧是五歲的女孩子。像她這麼聰明的女孩，將來大概不會遭受虛有其表的有錢人荼毒吧。不過這先姑且不提——

「平澤健二主張的不在場證明，有必要進一步查證呢，警部。」

「當然。他提出的不在場證明太不自然了。福田、松下這兩名友人也有點可疑。簡直就像是犯人為了製造不在場證明而事先準備好的證人一樣。」

警部一邊道出這些疑惑，一邊駕駛著便衣警車前往下一個目的地。

到這天傍晚為止，刑警們依序拜訪福田與松下，並取得了他們的證詞。兩人的證詞與平澤健二供稱的證詞幾乎一致。他們跟健二共同度過了昨晚七點到十一點的四個小時。不過晚間九點左右，健二為了抽菸而消失在他們面前。這段期間，兩人與健二的妻子江里子談天說笑。過了約十五分鐘後，健二再度回到他們面前。健二從兩人面前離席總共就只有這十五分鐘的時間而已——

到這裡為止，兩人的證詞都跟平澤健二供稱的分毫不差。不過，福田跟松下的證詞之中也包含了平澤健二沒有提及的部分。他們異口同聲地說出這段內容：

「抽完菸回來的健二不知道為什麼氣喘吁吁，滿頭大汗。而且他還故作鎮靜，好像不想讓我們發現一樣。」

不用說，一得到這個情報，麗子與警部頓時喜形於色。結束對證人們的訊問後，刑警們再度回到警車內。風祭警部露出高興的表情開動車子，隨即詢問副駕駛座上的麗子。

「妳知道抽完菸回來的健二為什麼氣喘吁吁嗎？寶生。」

「…………」知道是知道，不過您終究是想自己說吧？警部。

「不知道的話，就讓我來告訴妳吧。」一如麗子的想像，警部得意洋洋地說出答案。「這十五分鐘他並不是悠悠哉哉地抽菸去了，而是拚了命地踩著腳踏車啊。當然，是為了殺害佐佐木澄子！」

推理的內容極其普通，很有風祭警部的風格。雖然沒有特別出色的部分，卻也讓人無法反駁。既然如此，接下來我們該做的就是在五日市市區沿街打聽吧。正當麗子思考著這種事情的時候——

「接下來我們該做的就是在五日市市區沿街打聽。」

警部也說了完全相同的話：「昨晚九點左右，平澤健二騎著公路競賽車往返五日市幹道。當時肯定有人目擊他的行蹤——好，我們走囉，寶生！」

目標是五日市幹道。宣告似地這麼大叫後，風祭警部用力踩下了警車的油門。載著兩名刑警的車甩尾開始疾速奔馳。

當天晚上，五日市市區的街道上出現了兩名拚命打聽的刑警。

當然，這兩人正是麗子與風祭警部。他們一個接一個攔下返家途中的上班族與學生，煩人地反覆同樣的問題。

「昨晚你可曾在這條路上看過騎著公路競賽車疾馳的可疑人物？」

可是，兩人的打探卻沒得到什麼成果。面對出示警察手冊搭腔的刑警，趕著回家的人們只是明顯地露出嫌麻煩的表情。於是風祭警部索性隱瞞警察的身分。「──啊啊，等一下，那位小姐。」

聽到有人冷不防地從暗處出聲叫住自己，年輕女性不曉得是誤會了什麼，只見她一邊大喊「警察先生！」一邊飛奔離去。看來她似乎是去找警察的樣子。

警部深受打擊，「真、真沒禮貌，我就是警察耶！」面紅耳赤地猛跺著腳。「我這個國立市警署引以為傲，前途一片看好的精英看起來像變態嗎！」

「不，並沒有這回事……」

與其說變態，被當成黑道分子的可能性還比較高，麗子心想。警部身穿的白色西裝，是幫派電影裡被子彈打死的黑道老大常有的打扮。當然，麗子不可能對上司說出這種話。

「啊——不說這個了，警部，您看。」麗子轉移話題指向前方。

夜晚的街道旁有間大放光明的便利商店。這一帶從地圖上來看應該是偏離國分寺市，再往西前進一點就會進入立川市的地方。有三名男子正單手拿著罐裝啤酒蹲在便利商店昏暗的停車場一角。

其中一人穿著紅色無袖背心，另一個是印有骷髏圖案的T恤，最後一個則是肩上披著有點髒的牛仔外套。乍看之下，這三人感覺像是學生或打工族。

不只是國分寺，全日本的便利商店外頭，都看得到這種稀鬆平常的光景。不過這些閒得發慌的年輕人擁有一項特殊技能。不管是一個小時還是兩個小時，只要有朋友跟罐裝啤酒，他們就能在什麼都沒有的停車場內輕鬆打發時間。因此，他們看到道路上行人的機會也多，可以期待有力的證詞。

警部似乎也瞬間理解了麗子的言下之意。他馬上踏進停車場向蹲著的三人搭腔。

「啊啊，不好意思，方便跟你們打聽一下嗎？」

「啥？」看似三人老大的紅色無袖背心男，以懷疑的眼神仰望警部。「什麼，你要幹麼？穿著白衣服的怪大叔。」

「——！」年輕人的發言似乎激怒了警部。只見警部突然從胸前口袋內掏出警察手冊，然後將它舉到距離對方的臉只有幾公分的地方，露出有如爬蟲類般的笑容。「喂，你可以再說一次嗎？你說誰是大叔？五歲小孩倒還可以原諒，不過如果對象是你們的話，我可是絕對不會輕饒！」

啊啊，警部，您果然還是對美奈那番發言感到耿耿於懷啊——麗子偷偷在心中輕聲這麼說，然後以冷冽的語氣勸諫上司。

「請您住手，警部。恐嚇一般市民也太不像樣了。」

「是嗎？這麼說也有道理。」警部遊刃有餘地收起警察手冊。「嗯——話說回來，寶生，妳剛才說了什麼？」

「說了什麼——我說『恐嚇一般市民也太不像樣了』。」

「不對不對，是前一句，前一句。」

「前一句？」麗子徹底理解了他這麼說的意圖。「——『請您住手，警部』。」

沒錯，就是這個，風祭警部點了點頭，帶著得意的微笑低頭看著三人。看來他似乎只是想讓眼前的三人知道自己正式的頭銜。實際上也是效果立見。三人一改之前的態度，同時站起身來。

「警、警部？」「真的是警部先生？」「這個怪大……這個帥氣的大哥嗎？」

我說啊，你們也誇過頭了吧。擅於逢迎拍馬的三人讓麗子不禁傻眼。另一方面，風祭警部滿意地點了點頭，然後總算進入了正題。所謂正題就是打聽消息。

「昨晚差不多現在這個時間，你們該不會也在這裡吧？」

三名男子彷彿三隻並列的鴿子般上下地擺動脖子。

得到預料之中的反應，警部輕聲叫道「賓果！」。「好，那真是太好了。那我問你們，昨晚你們有看到騎著腳踏車在這條路上奔馳的可疑男子嗎？」

「是，腳踏車是有好幾臺騎過去啦——不，我們有看到腳踏車經過，警部先生。」紅色無袖背心男連忙訂正語氣，警部彷彿訴說著「很好」似地點了點頭。

「我們正在找的不是滿街跑的淑女車，而是自行車迷會騎著兜風的競賽腳踏車。大概可以用跟汽車相同，或是更快的速度奔馳在馬路上，怎麼樣？你們有印象嗎？」

聽完警部所說的話，三人的表情瞬間同時產生變化。

「啊啊，這麼說起來。」「有看到呢。競賽腳踏車。」「嗯，還騎得很快喔。」

「就是那個。」警部耍帥的彈響指頭。「那臺腳踏車往哪個方向騎呢？」

於是穿著骷髏T恤的青年代表大家，伸出一根手指指向東方。

「那臺競賽腳踏車從這邊騎來——」這麼說完，這回青年又將指尖朝向西方。「然後往那邊騎去了。」

由東往西——也就是從國分寺前往立川一帶。換言之，那臺腳踏車以猛烈的速度從嫌犯家騎往被害者家。

「騎腳踏車的是什麼樣的人？」

「這個嘛，雖然您這麼問，可是對方戴著安全帽，而且又是瞬間發生的事情，我們不可能連臉都看得一清二楚。體格好像很壯的樣子，大腿也粗得嚇人，那絕對是職業的啦，身上穿的也是職業自行車賽車選手會穿的貼身運動衣和五分褲。不會錯啦——不，錯不了的，警部先生。」

「不用客氣，被問到什麼老實回答就是了。」警部依序看著三人的臉，然後提出了重大的問題。「你們是在昨晚幾點看到那臺競賽用腳踏車的？」

三人把臉湊在一起密談了一會兒。然後他們自信滿滿地回答：

「剛好就是現在。」「晚上九點左右。」「嗯，的確是這樣沒錯。」

「原來如此，這樣啊。」警部重重點了點頭，然後轉身面向麗子，「聽到了嗎？寶生。」發出難以壓抑的笑聲。「錯不了的，他們目擊到的腳踏車正是平澤健二的競賽腳踏車。昨晚九點他果然去了佐佐木澄子家。什麼在自家陽臺抽菸根本是徹頭徹尾的謊言。」

原來如此，看來的確是這個樣子。不過時間只有十五分鐘。把花在殺人等等的時間也考慮進去的話，實際上用來移動的時間就比十五分鐘還短了。在這麼短的時間內，平澤健二真的有辦法在平澤家與佐佐木家之間來回嗎？麗子抱著些許疑問主動詢問三名男子。

「競賽腳踏車經過你們面前只有那麼一次嗎？還是說……」

於是三人之中個子最矮，披著牛仔外套的青年戰戰兢兢地舉起一隻手說：

「不，我還看到了一次。競賽腳踏車從對向車道騎過去。因為速度跟第一次看到時一樣快，我想大概是同一個人。只不過這次跟之前方向相反，是從那邊騎向這邊。」

這麼說完，披著牛仔外套的他的手指從西邊移向東邊。也就是從立川到國分寺一帶。這樣的話，他目擊到的競賽腳踏車很有可能就是從佐佐木家折回平澤家的平澤健二。麗子向披著牛仔外套的他問道。

「那是你第一次看到競速腳踏車後過了大約幾分鐘的事情呢？」

「這個嘛，我想應該是第一次看到後過了五分鐘的時候。」

「什麼，五分鐘！」吊起嗓子反問的是風祭警部。「你是說平澤健二只過了短短五分鐘就回來了嗎？這怎麼可能。是不是有哪裡搞錯了？」

面對難掩驚訝的警部，三名男子理所當然似地歪著頭問：

「平澤？」「健二？」「那傢伙是誰啊？」

啊啊，警部，這樣不行啊。怎麼可以洩漏嫌犯的名字……

「嗚——不，不管是誰都無所謂！那跟你們無關！」

警部驚慌失措地對三人喝斥一聲，藉此掩飾自己的失言。然後他嘟嘟囔囔地自言自語，在普通百姓面前透露了自己的想法。

「不過，這就奇怪了……這間便利商店距離平澤家大約一公里……從這裡到佐佐木家就當作還有四公里好了。所以來回就是八公里……十五分鐘往返十公里的話是時速四十公里……這樣也已經相當困難了，可是五分鐘往返八公里的話就是……時速……

時速……」

警部額頭冒汗呻吟似地說：「總、總之非常困難！」

麗子嗚咳地清了一下嗓子，然後小聲對他說：「是九十六公里，警部。時速九十六公里。」

也就是逼近時速一百公里。不用這麼快的速度，就無法在五分鐘之內往返這間位於國分寺的便利商店與位於立川的佐佐木家之間。那已經是腳踏車絕對無法實現的速度了。

平澤健二是如何成功地殺害佐佐木澄子的呢——

5

——麗子說到一個段落後，便偷窺似地斜眼觀察影山的表情。

在擺放著許多腳踏車的車庫內，身穿西裝的管家坐在大小適中的登山車坐墊上，盤起雙手一動也不動。他那傾垂的側臉彷彿沉溺於思索的哲學家。看樣子他很認真傾聽麗子訴說事件概要。就在麗子這麼想的時候——

影山伸得直挺挺的膝蓋突然咖啦地彎曲，同時他跨坐在坐墊上的臀部咻地滑了一下。影山連忙用力踏穩雙腳，重新調整姿勢。

「嗯？」麗子一瞬間搞不清楚狀況，什麼話也說不出來。然後她對眼前的管家投以疑惑的視線。「影山，你剛才在打瞌睡吧。不行喔，別想掩飾過去。」

「打瞌睡？您說我嗎？」影山深感意外似地大大搖了搖頭。「不，沒有的事。我並沒有機靈到可以邊睡邊聽大小姐講話。」

「這跟機不機靈沒有關係！」麗子正顏厲色地斷言。「你剛才不就是睡著了？老實承認吧，不乾不脆的傢伙！」

面對雙手扠腰窮追不捨的麗子，影山手指推著眼鏡拚了命地辯解：

「不，我並沒有睡著。只不過因為大小姐說的話太無聊了，我的注意力才會瞬間渙散。就只是這樣而已。」

「什麼叫做『就只是這樣而已』啊！我說的話很無聊，還真是對不起喔——呃。」麗子下意識露出正經的表情反問。「你說無聊是哪裡無聊？世界上哪有這麼奇怪的事情啊。依照計算，平澤健二可是騎著時速一百公里的腳踏車殺了人喔。這簡直就是奇蹟嘛。」

「唔，所以大小姐才想要尋找最快的腳踏車啊。」

「嗯，是這樣沒錯啦……」

面對含糊其詞著回答的麗子，影山莞爾一笑。「大小姐，您這是白費工夫。」

「什麼！」麗子氣得忍不住吊起眼角。「你說白費工夫是什麼意思啊！」

不過影山卻帶著若無其事的表情對麗子丟出問題：「話說回來，大小姐。平澤健二及江里子夫妻沒有駕照，而且也不會開車沒錯吧。」

「嗯，這點似乎是錯不了。什麼跟誰借車啦，偷偷練習開車之類的，他們也完全沒有做過這些事情的跡象喔。」

「雖然我認為是不太可能，但搭計程車往返兩家的可能性也可以剔除吧。」

「當然，這點也已經跟計程車公司確認過了。再說，你覺得有哪個殺人犯會光明正大地搭計程車去殺人現場嗎？平澤健二不是那麼愚蠢的男人。他利用更狡猾的詭計製造不在場證明，最後終於殺死了佐佐木澄子。透過我跟風祭警部想像不到的方式，他成功達成了乍看之下不可能的殺人計畫。」

當著揮舞拳頭極力主張的麗子面前，「原來是這樣啊。」影山大大點了一下頭。然後他無奈似地緩緩搖頭，對麗子投以憐憫的視線。「——恕我冒昧，大小姐。」

「嗯——什麼啦？」麗子一臉愣住的表情反問。

面對這樣的她，管家影山冷不防地說出辛辣言論：

「警部一味的沉迷於破除這無謂的不在場證明，確實很糟糕，但跟著起鬨的大小姐，也跟風祭警部旗鼓相當呢。」

影山的聲音迴盪在寬敞的腳踏車專用車庫中。出自他口中的狂妄發言，宛如山中回聲般，不斷反覆的響徹她耳中。旗鼓相當旗鼓相當……

「……旗鼓相當？」麗子彷彿為了甩去討厭的回聲般左右搖頭，用雙手摀著耳朵大叫。「你、你說什麼！竟、竟敢說我是跟風祭警部旗鼓相當的笨蛋！別、別開玩笑了，誰、誰是笨蛋啊，是誰！」

「大小姐，我從來都沒有說過『笨蛋』兩個字……」

「就算沒說也等於是說了！跟風祭警部旗鼓相當一定是指這個意思啊！我說得沒錯吧，影山！」

「是、是……這個嘛，您說得是，意思的確是很類似。」

面對怒氣衝天的麗子，影山也只能畢恭畢敬地點頭。就結果來看，受到最大侮辱的或許是風祭警部也說不定，但麗子才沒在管這種事情。她逐步逼近眼前的管家，一心想知道他這番狂妄發言的真意。

「你說『破除無謂的不在場證明』是什麼意思？破除平澤健二的不在場證明哪裡『無謂』了？這才是最重要的事情吧？」

不過被問到的影山，卻用手按著鏡框說：「很遺憾，那並不是重點。」斷然地搖了搖頭。不服氣的麗子癟起了嘴。

「我完全不懂你說的話是什麼意思。」

「那麼我請問大小姐，您當真認為，案發當晚平澤健二確實以近時速一百公里的速度踩著腳踏車嗎？」

「——咦？」被影山鄭重其事地這麼一問，麗子不禁結巴起來。「不、不，我當然知道不可能有這種事情啦……」

「就是說啊。聽您這麼一說，我就放心了。」影山一副鬆了口氣的樣子。

「嗯——你說放心我也會覺得很為難的。」

這男人到底有多麼瞧不起我啊？麗子這麼心想，忍不住生起氣來。

「要不然影山是怎麼看待這起事件的？平澤健二應該確實的往返了自家與被害者家。可是，如果用腳踏車移動的話，不管再怎麼努力都來不及吧。話雖如此，他也不可能利用私家車或計程車。這樣的話，難道還有其他移動方式嗎？」

聽了麗子的問題，影山露出嚴肅的表情這麼回答。「——當然是用腳踏車。」

「所以說，競賽腳踏車騎不了那麼快啦……」

「不，不是競賽腳踏車。」影山打斷麗子這麼說完，便在她面前豎起一根手指。「平澤家應該還有另一臺特殊的腳踏車。」

「另、另一臺特殊的腳踏車——那是什麼？比競賽腳踏車還快嗎？」

麗子被挑起了強烈的好奇心，於是催促影山繼續說下去。影山站在車庫中央，對著麗子悠然地開始訴說自己的推理。

「請您仔細想想，大小姐。平澤家有個上幼稚園的美奈。那個美奈就讀的『海鷗幼稚園』是在立川市吧。」

「是啊，江里子在玄關前是這麼說的。」

「另一方面，您詢問那三人的便利商店，位於偏離國分寺市的地方，距離平澤家約一公里遠。幼稚園則是從那邊更往西去的立川市內，所以距離平澤家就更遠了。也就是說，平澤家和幼稚園應該相隔有一公里以上。是這樣吧？大小姐。」

「是、是啊。的確是這樣沒錯——欸，現在是在說什麼啊？」

「是在說腳踏車的事情。」影山若無其事地繼續說。「平澤家和幼稚園相隔一公里以上。如果距離這麼遠的話，母親應該很難每天用步行的方式接送小孩吧。在這種情況下，母親通常都會擁有一臺用來接送小孩的腳踏車。」

「或許是這樣也說不定——呃，等一下，影山！你說平澤家還有另一臺腳踏車，難不成是。」

「是，就是您說的難不成。」影山以認真的口吻說。「大小姐跟風祭警部太關注健二的競賽腳踏車，以至於忽略江里子擁有的淑女車了。」

「……………」聽了影山意想不到的發言，連麗子也啞口無言了。

淑女車——那是價格低廉、缺乏設計感的通勤腳踏車統稱，多半提供家庭主婦平常外出購物等等使用。實際上不只是媽媽，單身女性、上班族、學生，或是居住當地的不良少年也經常騎乘，可說是大眾化的交通工具。

「淑、淑女車！」麗子忍不住大叫。「你、你在說什麼啊，影山。怎麼可能會有淑女車跑得比競賽腳踏車還快嘛！」

「是。的確，世界上不存在如此高性能的淑女車。」

影山帶著一本正經的表情點了點頭。「不過，江里子的淑女車應該具備了一項競賽腳踏車所沒有的特殊機能。犯人在本次事件中正是活用了這項機能。」

「特殊機能？這是什麼意思？難不成江里子的腳踏車搭載了渦輪引擎嗎？」

「您的想法非常有趣，可是卻錯得離譜。」影山乾脆地駁斥麗子的發言後，便道出了自己的推理：「江里子的淑女車是用來載送幼稚園兒童。既然如此，那臺淑女車應該備有腳踏車專用的兒童座椅才是。」

「腳踏車專用的兒童座椅……」聽影山這麼一說，麗子也恍然大悟了。「這麼說來，路上經常看到把兒童用的小椅子固定在後座貨架上的腳踏車呢。」

「是，就是那個。」影山滿意似地深深點了點頭。「不過大小姐，被害者佐佐木澄子是個身材嬌小的老婦人。這樣的話，犯人能不能先殺害她之後，再將屍體放進腳踏車的兒童座椅裡運送呢？」

麗子在心中描繪著老婦人坐在腳踏車兒童座椅上的模樣。費不了多大工夫，麗子就很自然地想像出那幅景象。

「不是不行。腳踏車專用的兒童座椅上設有椅背，也有固定孩童身體的安全帶。說不定很適合用來搬運嬌小的女性屍體……咦？可是，這是怎麼一回事？難道佐佐木澄子不是在她家，而是在平澤家遭到殺害嗎？她在平澤家遭到殺害，然後被放上了兒童座椅，這樣運送到佐佐木家嗎？」

「正是如此。」管家語氣從容鎮靜地點了點頭。

「那、那是什麼時候的事情？」

「犯人下手行凶應該是在死亡推測時間的晚上九點。不過，用淑女車搬運屍體卻是更晚之後的事情。恐怕是在路上不見行人往來的深夜時分吧。」

「如果是這樣的話，那三人的證詞又怎麼說呢？案發當晚九點左右，他們目擊在五日市幹道上猛衝的競賽腳踏車。那到底是怎麼一回事呢？」

「啊啊，大小姐！」管家懊惱似地緩緩搖了搖頭。「騎乘那臺競賽腳踏車的確實是平澤健二，可是那只不過是所謂的『掩人耳目』罷了。因此，不管他的腳踏車在幾分鐘內跑了幾公里，那都跟事件的本質沒有任何關係。就是因為只關心如何破除這種不在場證明，我才會說大小姐跟風祭警部旗鼓相當——」

你還敢說！雖然麗子感到相當火大，但終究還是什麼都無法反駁。

「——這次佐佐木澄子遭殺害一案，應是平澤夫妻所為。丈夫平澤健二大概是主犯，而妻子江里子則是共犯吧。不用說，動機當然是覬覦遺產。健二從自行車賽車界引退後找不到固定工作，於是企圖殺害阿姨佐佐木澄子，藉此一攫千金。」

在擺放著各種新奇腳踏車的車庫中央，影山以平靜的語氣說明事件的概要。

「案發當晚，福田、松下這兩名客人被請到平澤家。此二人必定是健二為了確立自己的不在場證明而準備的。這點就跟風祭警部推測的一樣。只不過，什麼騎乘競賽腳踏車奔馳在五日市的街道上，等到殺害佐佐木澄子後再全速折返自己家裡，平澤健二所想的並非這種高風險的犯罪計畫。」

「犯行是在平澤家中悄悄發生的吧。在客人沒注意到的情況下。」

「正是如此。那天晚上，平澤夫妻大概找了佐佐木澄子到自己家吧。又或者，是把人強行綁走也說不定。無論如何，案發當時，被害者就在平澤家中，沒必要特地跑到立川殺人。晚上九點左右，平澤健二藉口抽菸，暫時消失在客人面前。接著在江里子應付客人的這段期間內，健二前往平澤家中的某個房間，殺害了佐佐木澄子。然後把屍體放進事先搬入屋內的江里子淑女車上的兒童座椅上——您明白這是什麼用意嗎？大小姐。」

「是死後僵直吧。」麗子馬上回答。

畢竟，她好歹也是名現任刑警，還算具備了某種程度的知識。「平澤健二殺了人之後，要等到幾個小時之後的深夜，才會將屍體運送至佐佐木家。可是如果是夏天的話，屍體死後三、四個小時就會開始僵硬。如此一來，就很難把僵硬的屍體放進兒童座椅了。所以平澤健二才會在殺了人後馬上進行這項作業。身為前自行車賽車選手的他體格壯碩，就算靠自己一個人，也能將矮小老婦人的屍體放進兒童座椅。」

「不愧是大小姐，您回答得真是完美無缺。」

管家給予肉麻的讚美。把奉承話當真的麗子興高采烈地繼續說道：

「結束這項作業後，平澤健二故意騎腳踏車往來五日市幹道一趟。為了影山所謂的『掩人耳目』。」

「正是如此。平澤健二騎著腳踏車疾馳，假裝是要前往殺人現場的樣子，不過，他並沒有真的抵達佐佐木家，而是隨便找個地方就折返了。實際上，不管腳力有多強，他也不可能辦到十五分鐘內往返十公里、而且還要花時間殺人這種超人般的犯行。犯人的目的，正是要營造出這種不可能的犯行好像真正發生的錯覺。事實上，風祭警部就被平澤健二的異常行動所惑，斷定這起事件是利用競賽腳踏車犯案。結果完全忽略了江里子的淑女車。」

就連麗子自己也沒留意到江里子的淑女車。原來如此，怪不得會被揶揄成跟警部同一個等級，麗子心不甘情不願地同意。

「——那麼，放在淑女車上的屍體是在深夜偷偷運送的吧。」

「是的。兒童座椅上的屍體身穿藍色羊毛衫及深棕色長褲，此外，頭上大概還戴著小孩用的安全帽。雖然矮小的老婦人屍體實在不像幼稚園孩童，但看起來應該也和個頭較大的小學生相去不遠。至少，路上行人誰也想不到有人會用淑女車載著老婦人的屍體吧。騎乘淑女車的，應該是體力較好的平澤健二。當然，他不需要猛踩腳踏車，只要不疾不徐地確實將屍體送到佐佐木家就行了。為了將風險降到最低限度，他大概選擇了交通量最少的凌晨三點運送屍體吧。」

「的確，這種可能性很高——嗯？」

這時，麗子突然察覺到某件事情。「等一下，說到凌晨三點，那距離晚間九點的案發時刻已經過了大約六個小時。這樣的話，放在兒童座椅上的屍體應該變得相當僵硬了才對——啊，原來如此。」

這時，麗子心中保留到現在的一個疑問突然間得到了解答。

「我知道了！所以在食堂裡的時候，佐佐木澄子的屍體才會被放在兒童座椅上啊。」

「正如您所想的，大小姐。」

正確答案——影山彷彿這麼說似地對麗子展露微笑。「佐佐木澄子的屍體在置於腳踏車兒童座椅內的狀態下逐漸僵硬。這個屍體恐怕是以很不自然蜷縮的姿勢硬化吧。如果就這樣把屍體放在地板或一般椅子上的話，看起來一定會相當不自然。因此，放在兒童座椅上才是最好的掩飾方式。所以平澤健二才會這麼做吧。」

「也就是把屍體從腳踏車的兒童座椅上換到食堂的兒童座椅上——犯人的行動確實合乎邏輯，並不是『對死者的褻瀆』之類的曖昧行為。」

「是的。一切都是出於犯人的私利。」

這麼說完，影山恭敬地行了一禮，結束了全部的推理。

當然，沒有人能保證影山的推理全是正確無誤的。不過的確有方法可以驗證。最後影山指出了那點。

「重點在於尋找目擊證人。之前大小姐與風祭警部似乎都傾注精力尋找晚間九點目擊到競賽腳踏車的人，不過那樣是解決不了問題的。真正應該尋找的，是在案發當晚、而且還是在深夜時分目擊到可疑淑女車的證人。」

「看來是這樣沒錯。不過找得到嗎？」

「當然，就算是交通量再少的時間帶，路上也不可能半個行人都沒有。午夜才回家的上班族、熬夜的大學生、每天固定在深夜散步的推理作家……諸如此類，應當尋找的對象多得是。其中一定有人曾在深夜中目擊到淑女車才對。找到這些證人，就能成為解決事件的關鍵不是嗎？」

「是啊。的確，你說得沒錯。」

麗子用力點了點頭，「這樣下去可不行。」然後輕聲這麼說。人的記憶只要過了一晚就會變得曖昧模糊。而且今晚路過的人未必明天還能碰到。尋找目擊者是跟時間的競賽。今天晚上可不能就這麼白白浪費掉。

麗子走向車庫的出入口宣告似地說：

「影山，我現在要去五日市幹道。」

「呃，現在嗎——難不成是騎腳踏車？」

「怎麼可能嘛！」麗子斬釘截鐵地斷言。「不用管腳踏車了，快去準備四輪的車子。今晚我要找出目擊者。啊——當然，影山也會幫我的忙吧？你總不會讓柔弱的大小姐獨自站在深夜街頭吧？畢竟你是我忠誠的管家啊。」

麗子在車庫出入口停下腳步，以試探的眼神看著影山。在麗子的視線前方，她忠誠的管家面無表情，就這麼恭敬地行了一禮。

「是。當然，請讓我同行，大小姐。」

然後影山露出了彷彿打工小弟突然被命令要加班的表情，「唉」地輕聲嘆了一口氣。

第五話

她被奪走了什麼呢？

1

立川車站北口。沿著充滿開放感的空中迴廊往伊勢丹方向前進，那裡有一家咖啡廳。採自助式經營的這家店面呈狹窄的細長形。而且窗戶幾乎都是整面玻璃。因此，走在迴廊上的行人可以將店內的情況盡收眼底。細長的吧檯邊坐著一排喝著飲料開心聊天的客人。這幅景象，看來確有幾分像是電線上排成一列吱吱喳喳的麻雀。

不過現在是七月。漫長的梅雨季已經結束了，如今是盛夏陽光宛如尖槍般投射而下的季節。玻璃窗後方的客人都用吸管啜飲著冰涼的飲料。

「與其說是麻雀，倒不如說是喝水的鳥群吧。」

這麼輕聲呢喃的她，名叫水野水鳥——不對，是叫做水野理沙。她住在立川市旁的國立市，是個閉月羞花的女大學生。因為某些不得已的理由，理沙在星期日白天來到立川。處理完幾件事情後，她已經呈現極為疲憊的狀態了。然而彷彿追打著這樣的她一般，日光毫不留情地直射過來。結果她徹底輸給了暑氣與口渴，決定加入玻璃窗後排成一列喝水的鳥群。

理沙推開咖啡廳的門進入店內。冷氣開得很強的空間舒適得宛如另一個世界。在收銀臺接過冰咖啡後，理沙在狹長的店內四處張望，尋找著空出來的座位。這時，她跟坐在吧檯邊一位戴著眼鏡的女性偶然對上了眼。

黑色長髮上戴著白色髮箍。長及腳踝的連身洋裝。紅色皮帶強調出纖細的腰身。胸前掛著銀色墜飾，腳踩紅色高跟鞋。清純的模樣散發一股獨特的氣質。

「…………」理沙緩步走向這位似曾相識的女性。「什麼嘛，果然是木戶學姊啊。居然會在這種地方見到妳，這還真是稀奇呢。」

「哎呀，水野同學。」女性手指輕輕貼在無框眼鏡上，抬起雙眼注視著理沙。「真的好巧喔。今天怎麼會來立川呢？是來買東西嗎？」

「哇，答對了。妳怎麼知道！」理沙發自內心高聲驚呼。

「怎麼知道……因為妳看，購物袋有一個、兩個、三個……」

「啊，對喔。」理沙雙手提著總計四個購物袋。

簡單來說，這個讓她在大熱天的立川四處徘徊，直到疲憊不堪的「不得已的理由」，只是從這個禮拜開始的夏季出清大拍賣而已。

「可是可是，夏裝最多打四折喔，學姊！明明夏天從現在才要開始，價格卻已經掉到半價以下了！啊——我可以坐妳旁邊嗎？」

「嗯，當然。」學姊這麼回答的時候，理沙已經準備在那張椅子上坐下了。

被稱為學姊的女性無奈地苦笑著啜飲眼前的冰紅茶。她名叫木戶靜香，是跟水野理沙同大學同系所的女大學生。而且跟理沙同樣都隸屬於電影研究會，大理沙一屆。

木戶靜香是個擁有白皙肌膚與亮麗黑髮的美女。眼鏡底下的一雙大眼充滿知性光彩，小巧的鼻子與拘謹的雙唇給人一種溫馴的印象。比起午後明亮的校園，感覺她更適合日暮時分的圖書館。帶著這種夢幻氛圍的她，卻是總在不自覺間會破壞夢幻氛圍的理沙所憧憬的對象。這也難怪。人總是會嚮往那個跟自己魅力完全相反的另一個人。

可是這只是理沙單方面懷抱的情感。木戶靜香是否對理沙懷有這類的憧憬就很難說了。應該說，八成連一丁點都沒有嚮往過吧……

「學姊，妳今天來是有什麼事情嗎？啊，難道是跟杉原學長約好了要碰面？」

所謂的杉原學長是指同屬電影研究會的一員，杉原俊樹。他跟木戶靜香是社團公認的一對。然而靜香卻乾脆地搖了搖頭。

「杉原同學？不對不對，不是那個啦。」

杉原學長，你被重要的女朋友說成「那個」喔，這樣可以嗎？

理沙代替不在場的杉原俊樹逼問靜香。

「要不然是什麼？果然是來購物嗎？是要搶四折大拍賣嗎？」

「嗯——不是那樣的，該怎麼說才好呢……」

靜香猶疑不定地將手指貼在眼鏡上。然後她再度抬起眼來注視著理沙。

剎那間，理沙大為震撼。那是因為靜香對理沙投來從未見過的嬌媚視線。鏡片底下的眼眸看起來好像帶有水氣的光輝。被這種眼神盯著瞧的話，大部分男性都會失守淪陷。不，就連姑且算是女性的理沙也不敵妖媚眼神的魅力，忍不住想要大喊著「姊姊～～」撲進那對豐滿的胸脯。

我有這麼欲求不滿嗎？理沙對自己邪惡的願望感到有些不安。就算平常再怎麼沒有男人緣好了，我竟然會被同性的學姊吸引。不過，如果能夠讓大家讚賞最近突然變漂亮的木戶學姊，不，是讓靜香姊姊治癒內心孤獨的話，來一段禁忌的關係或許也不壞……以現階段來說或許反而更好……

無視恣意妄為地沉緬於妄想之中的理沙，靜香視線瞬間掃過纏繞在左手腕上的手錶。「──那我先走了。」

靜香突然拿著粉紅色包包從座位上起身。冷不防被打斷妄想的理沙連忙抬起頭來。

「咦？姊姊……不對，木戶學姊已經要走了嗎？」

「嗯，對不起。那麼下次電影研究會的社團教室見。」

這麼說完，憧憬的學姊木戶靜香輕輕揮了揮右手後，便將那隻手伸向喝完的紅茶玻璃杯。可是不知道為什麼，她那試圖抓住玻璃杯的右手卻抓空了。第二次才抓到玻璃杯的她害臊似地露出微笑。然後她說了聲「再見囉」，便轉身離開吧檯的位子。

「唉。」理沙輕輕嘆了口氣，用吸管攪動眼前的冰咖啡。

──啊啊，結果還是沒問出學姊來立川做什麼。

這時，垂頭喪氣的理沙背後突然傳來猛烈撞擊地板的聲音。理沙連忙回過頭去。

結果呈現在她眼前的是意外的光景──

憧憬的學姊以有失體統的姿勢倒在咖啡店的通道上。

「…………」妳在幹什麼啊？學姊。

不過理沙不可能當面這麼問靜香。彷彿這時候才需要發揮武士的慈悲（？）一般，理沙假裝視而不見。坐在吧檯座的眾多客人也幾乎都採取了同樣的行動。店內莫名其妙地變得鴉雀無聲。在這之中，木戶靜香緩緩起身，然後慌慌張張地拾起掉落的包包，步履蹣跚地開門踏出店外。

理沙將視線移向玻璃窗外的風景。

「──嗯？」理沙不自覺地被突然映入眼簾的奇妙光景所吸引。

玻璃窗另一頭有個身穿紅色夏季禮服的美女。腳踏細跟高跟鞋的她，踩著優美的步伐，坦蕩蕩地在人潮中前進。她身後有個西裝筆挺的男人，雙手抱著堆得像小山一樣高的物品。這樣的兩人，彷彿大富豪的千金小姐與奉命陪同購物的管家一般。

不過理沙馬上搖了搖頭。

「怎麼可能。就算立川這裡有千金小姐，也絕不可能有什麼管家。」

──不管這個了，學姊呢？理沙重新在迴廊的人潮中尋找靜香的身影。

好不容易發現時，木戶靜香已經走遠了。在空中迴廊的另一頭，學姊的背影變得越來越小。相對於剛才紅色禮服的美女，她的腳步顯得有點軟弱無力──

2

國立市青柳發現了年輕女性的橫死屍體，是在禮拜一上午的事情。

前幾天趁著夏季出清大拍賣做了規模驚人的採買之後，寶生麗子果斷地決定，東西買了就是要用，立即穿上全新的夏季褲裝，精神抖擻地現身現場。這套黑色褲裝凝聚了最棒的素材、熟練的技術，以及絕妙地表現樸實感的設計，應該能徹底融入這群粗枝大葉的男性調查員之中才對。

這裡是甲州街道旁的公寓興建現場。四周圍繞著鐵皮的建地內搭起了鐵管鷹架。四層樓的建築物眼看著就快要完工了。

麗子在黃色封鎖線前停下腳步，然後用指尖推了推黑框裝飾眼鏡，東張西望著巡視四周。

「太好了，警部好像還沒來呢。」

——乾脆就這樣，永遠別來最好！

麗子在心中低聲訴說真心話。這時，旁邊傳來熟悉的爆裂聲，撼動著周圍的空氣。一輛銀色塗裝的 **Jaguar** 反射著灑落下來的燦爛陽光，直朝著這邊猛衝。那輛車發出震耳欲聾的煞車聲，同時在麗子眼前「——嘰！」地甩尾停車。車門打開後，出現的當然是風祭警部。如果是普通人的話，現在這一瞬間肯定會因為違反道路交通法而遭到逮捕了。不過很遺憾，這裡沒有敢對亂開車的警部上手銬的調查員。

「嗨，讓妳久等了，小姑娘。」

「………」不，沒有人在等您喔。麗子在心中默默的說。

風祭警部是有名卻非一流的汽車製造商──「風祭汽車」創業家的少爺，也是盛傳靠著金錢與人脈得到警部頭銜的精英刑警。

「──不過。」麗子邊嘆氣邊注視著眼前警部的打扮。警部身穿比平常還要雪白的西裝，光是看都覺得刺眼。「那個，可以請教一下嗎？警部。那套全新的西裝是？」

「啊啊，不愧是寶生。居然被妳發現啦。」

警部用手指摩娑著白色的領口，「其實我昨天趁著夏季出清大拍賣做了大規模的採買呢。畢竟我的卡是白金卡啊。」開始了本日首次的自吹自擂。

「啊啊，是這樣啊……」

不過跟警部的採買比起來，我昨天採買的規模還要更大喔。畢竟我的卡是最高級的黑卡呢！

麗子在無謂的地方對警部燃起了對抗意識。這樣的她，是名震天下的大財閥──「寶生集團」總裁寶生清太郎的獨生女。不過麗子向風祭警部這個反面教材學習，一直以來極力避免做出炫耀家世的行為。國立市警署之中只有幾個人知道麗子的來歷。當然，最毫無所覺的就是風祭警部了。

這樣的兩人穿過黃色封鎖線，火速踏進了現場。

在興建中的建築物旁，死於非命的年輕女性屍體隨意被棄置地上。麗子從裝飾眼鏡底下投以銳利的視線，仔細地觀察起屍體的樣子。

女性身穿白色連身洋裝。年紀大約二十歲左右吧。美麗的黑色長髮在棕色的地面上攤開成扇形。白皙的脖子上不見墜飾之類的東西，取而代之的是疑似遭繩狀物勒過的痕跡。除此之外沒有明顯的外傷。

「被害者是被勒死的。這無疑是起殺人案，犯人為男性，動機是感情糾葛……」

「…………」

偏頗得可怕的偏見。就算被害者是年輕女性，犯人也未必會是男性。

「您太武斷了，警部。話說回來，您不覺得這具屍體有點奇怪嗎？」

「啊啊，我知道。」

警部盤起雙手，就這樣用下巴比了比死者的腳邊。「被害者沒有穿鞋，屍體旁也不見脫落的鞋子。這是怎麼一回事呢？這位美麗的女性總不可能打一開始就光著腳丫子吧。」

「是。而且我想應該不只是鞋子喔。」

「——這話是什麼意思？」

「比方說腰帶。雖然也可以當成一開始就沒繫，但我總覺得不是這樣。這種設計的連身洋裝，通常會在腰際繫上皮帶。那樣整體比例才會好看。」

「原來如此。的確，腰部的地方看起來特別奇怪。犯人搶走被害者的鞋子後，又從腰際抽走了皮帶嗎？嗯——這到底是什麼樣的喜好呢？」

「……………」為什麼您會覺得這是喜好啊？警部。麗子輕輕吁了口氣。「不是只有這樣喔，警部。請看看被害者的臉。鼻子兩側可以看到些許凹痕。長年佩戴眼鏡的人經常會有這種情況喔。」

「所以說，犯人搶走了被害者的鞋子、皮帶，還有眼鏡囉……？」

「而且脖子周圍感覺也有點冷清。犯人或許從被害者脖子上拿走了墜飾或項鍊也說不定。另外，也看不到裝飾在頭髮上的髮箍或髮圈之類的。手上既沒有手錶、也沒有戒指。被害者打從一開始就完全沒有佩戴這些東西嗎？我覺得不可能就是了。」

「也就是說，以這個年齡的女性來看，死者身上的東西太少了——我看看。」

風祭警部在屍體旁蹲下，然後來回撫摸被害者的衣服，確認身上攜帶的物品。不過，結果一如想像。警部失望地嘆了口氣。

「這個被害者什麼都沒有。錢包、執照、手機通通沒有。唯一有的是口袋裡的手帕。看來錯不了了。犯人把被害者佩戴在身上的東西全都拿光了。」

「犯人究竟為什麼要這麼做呢？」麗子無意中露出嚴肅的表情詢問風祭警部。

於是警部彷彿就等這一刻似地咧嘴一笑。「呵呵，妳不懂嗎？寶生。」

「不，大概是掩飾——」

「不懂的話，我就告訴妳吧！這是掩飾工作啊，寶生。」

「…………」就是說啊。嗯，我之前已經想到囉，警部。

「犯人必須從被害者的屍體身上搶走什麼。那一定是很重要的什麼。說不定犯人就是為了奪取那重要的什麼才殺害了這名女性。總之，犯人殺害了這名女性。不過，如果只從屍體身上搶走一個目標物的話，犯人的行為反而會引起注意。所以除了目標物之外，犯人還連帶的從屍體身上搶走了其他不是特別必要的東西——寶生，我的推理怎麼樣啊！」

「…………」什麼怎麼樣，那本來是我要講的推理啊！

麗子心懷不滿地詢問警部：

「所以簡單來說，那個對犯人而言很重要的東西是什麼呢？鞋子、皮帶、眼鏡、墜飾，還是戒指？」

「要是知道就不用辛苦了。」警部避免明言，把困難的問題往後推延。「對了對了，說到辛苦，還有另一個好像很棘手的難題呢。」

「是，這我知道。是被害者的身分吧。」

「沒錯，畢竟這名被害者身上像樣的東西只有這條手帕而已。線索這麼少的話，要查出被害者的身分自然也不容易……嗯？」

警部把臉湊近手中被害者的手帕，仔細地端詳著布面。

「怎麼了？警部。」

「妳看，寶生！」警部像是炫耀戰利品似地在麗子眼前攤開手中的手帕。「這條手帕不是普通的手帕。妳看，這裡繡著像是校徽的東西吧。妳覺得這到底會是什麼呢？」

「真的耶，上頭的確有刺繡。警部知道這是什麼嗎？」

「當然，這是校徽喔。」

還不是一樣！既然如此，您就別問我啊！麗子掃興之餘，甚至對眼前的上司萌生殺意。當然，警部根本無從得知部下的心情。

「這個校徽是有錢人家的公子千金就讀的名校，私立嘉德利亞大學的校徽。八成只有在嘉德利亞大學的校內，才拿得到這項產品吧。」

「那麼，帶著這個的被害者是嘉德利亞大學的學生，或者是畢業生囉？」

「嗯，這可能性很高。」

深深點了點頭後，為了將搜查推進到下一階段，風祭警部這麼提議：

「看來我們似乎有必要走訪嘉德利亞大學一趟了。妳不這麼認為嗎？寶生。」

3

「——私立嘉德利亞大學一如其名，原本是間女子大學。雖然在幾年前變成男女合校，但現在學生還是以女生占大半。女大學生率居然高達九成呢。」

前往嘉德利亞大學的巡邏車內。風祭警部一邊輕快地操控方向盤，一邊告訴麗子關於學校的小情報。不過，雖然「出生率」或「體脂率」很常聽到，但「女大學生率」這個詞彙麗子有生以來還是第一次聽說。

「您真清楚啊。」副駕駛座上的麗子挖苦著說。

「還好啦。不是我自誇，我對女子大學還滿熟的呢。」

警部若無其事地說出其實不值得誇耀的事情。把這隻自戀的色狼放到「九成是女生」的集團裡，真的沒問題嗎？麗子感到有點不安。

不一會兒，麗子他們的巡邏車抵達了嘉德利亞大學。在停車場一停好車，兩人立刻造訪大學的辦公室。表明自己的身分並解釋來意後，接待的女性職員明顯流露出困惑的神色。

「本校學生可能是殺人事件的被害者，所以兩位想看學生的照片是嗎？可是學生的照片是個人情報，不能輕易給別人看……」

「原來如此，那就沒辦法了。看來我們只能讓學生們看屍體臉部的照片，詢問『是否認識這位女性？』了。這樣可以吧？真的可以吧！」

警部巧妙地口出威脅後，女性職員突然態度一變說「請千萬不要這麼做」，隨即在兩人面前拿出四本冊子。封面寫著「私立嘉德利亞大學・入學紀念相簿」幾個字。翻開書頁一看，上頭密密麻麻地排列著學生的大頭照及就讀科系。

「這是『入學紀念相簿』，內容收錄了學生入學時拍攝的照片。過去四年的都有，我想這樣就能知道大部分學生的臉了。」

「哎呀，那可真是幫了我們大忙呢。」

警部道過謝後，馬上跟麗子翻開相簿。

在那之後，樸實的作業持續了好一會兒。比對屍體的照片與相簿內的照片，確認像或不像，是美女或長得馬馬虎虎，經過這般極為「樸實的作業」後，兩人總算找出了一張大頭照。

那是個留著黑色長髮的女性。臉上戴著彷彿教務主任般土裡土氣的眼鏡，不過仔細一看，五官都很端正。也就是所謂「摘下眼鏡時意外是個美女」的類型。

「喔喔，妳瞧瞧，寶生！這女性跟死者長得一模一樣。嗯，錯不了的。不管怎麼看都是同一個人。好，馬上去找這個學生問話吧。」

「那個，如果跟屍體的照片是同一人的話，應該是沒辦法問話才對……」

「嗯？這麼說也對——那就去找這名學生的關係人問話吧。」

警部以指尖敲著相簿上的照片。麗子念出標註在相片下的名字。

木戶靜香。從入學年度計算，她現在應該是就讀文學系的大三學生——

說到學生在大學內的關係人，首當其衝的就屬老師吧。因此，麗子跟風祭警部造訪了文學系的研究室。目的是為了見木戶靜香的專題指導教授。

這個名叫今西的教授穿著皺巴巴的襯衫，頭髮蓬鬆凌亂，是個令人印象深刻的五十多歲男性。聽說他的主要研究領域是近代日本文學，不過刑警們並不想問關於漱石或鷗外的事情。警部將身分不明的屍體照片遞向教授面前，單刀直入地問：

「請您確認一下，這名女性是不是您的專題生木戶靜香呢？」

今西教授接過照片瞥了一眼，隨即驚訝地瞪大眼睛。

「真不敢相信……這的確是木戶同學沒錯。為什麼她會變成這樣呢？」

「昨晚九點左右，她被某人勒斃了。屍體被人發現陳屍在興建當中的公寓工地現場，不過實際的案發現場恐怕另有他處吧。」

「木戶同學被殺了……到底是誰做出這麼殘忍的事情呢？」

「這個嘛，是誰為了什麼目的殺害了她，這點我們目前正在調查當中。首先必須查明死者的身分才能繼續調查下去——話說回來，您對木戶靜香這名學生印象如何？」

「您這麼問我也不知該如何回答，私底下的事情我並不清楚喔。她是個優秀的學生。雖然在專題討論時很安靜，鮮少發言，不過從聊天中我知道她很愛看書。」

「她的交友關係如何？例如是否有跟特定男性交往？」

「這我不太清楚。這方面她的朋友應該比較了解吧。聽說她加入了電影研究會，去問問那裡的社員如何？」

感謝您寶貴的意見。這麼說完，風祭警部馬上離開研究室。麗子也緊跟在後。

兩人隨即前往電影研究會的社團辦公室。社團辦公室似乎全都集中在被稱為社團大樓的獨立建築物裡。刑警們立刻踏進社團大樓。建築物內迴盪著學生們活力過剩的聲音，氣氛相當熱鬧。

來來往往的學生果然大半都是女孩子。這些女孩子大概沒有識人的眼光吧。證據就是她們之中似乎有許多人都被風祭警部端正的容貌給吸引了。其中甚至還有女孩子直接「——呀！」地尖叫出來。每次遇到這種情況，警部的側臉總是浮現藏不住的喜色。

「您笑嘻嘻的是在開心什麼呢？警部。」

她們根本不了解警部的本質呀！麗子忍不住在心中大叫。

在這之中，一名男生跑到麗子旁邊，然後也不曉得是哪裡有了誤會，「嗨，沒見過妳呢，妳是什麼社的？要不要加入我們社團啊？我們是昭和職業摔角研究會的——」開口就是熱烈的勸說。

「不好意思，我沒興趣。」驚訝的麗子鄭重回絕邀請，同時偷偷握緊拳頭做了個勝利姿勢——太好了，我被人當成女大學生了！不愧是麗子妹妹，看起來還很年輕呢！

「妳笑嘻嘻的是在開心什麼呢？寶生。」

「…………」不，什麼也沒有。而且我哪有開心……

不知不覺間，兩人總算抵達了掛有電影研究會門牌的房間。麗子一敲門，裡頭便傳來女性回應「請進」的聲音。麗子打開房門。

正面牆壁上是F．楚浮（François Roland Truffaut）導演的知名電影「四百擊（Les Quatre Cents Coups）」的海報。牆邊擺放著塞滿電影雜誌的書架。而房間中央有三名學生。兩女一男，女大學生率是百分之六十六點又多一點點。

麗子等人先表明自己是國立市警署的刑警，然後淡淡地告知學生們木戶靜香遭某人殺害的事實。不過，聽完刑警們所說的話，他們似乎還是缺乏實感的樣子。得知朋友的死訊後，三名學生都有點呆愣愣的。這樣對刑警們來說反倒正好。風祭警部馬上開始發問：

「我們正在調查木戶靜香同學的交友關係。她有跟誰特別熟嗎？」

「最熟的是我吧。」唯一的男學生舉起了右手。「我是文學系三年級的杉原俊樹，跟靜香是從國中時代就開始的孽緣——她真的死了嗎？」

「啊啊，很遺憾——那我問你。木戶同學身邊最近有沒有發生什麼奇怪的事情？是否遭人怨恨，或是捲入糾紛之中呢？」

「這個嘛，我最後一次見到靜香是在上個禮拜的禮拜五。那時候她看起來很正常。不過，她本來就不是會得罪人的女孩——對吧？社長。」

電影研究社的社長留著一頭棕色短髮，是個給人活潑印象的女大學生。「我是西田真弓，經濟系大四生。」報上姓名後，她開始訴說起自己對木戶靜香的印象。

「的確，木戶同學生性溫和認真，不是會跟別人起爭執的那種人。拿電影來比喻的話，應該就是新浪潮派之前的古典派法國電影吧。」

儘管她本人似乎以為自己形容得很好，但麗子並沒有足以理解這種比喻的電影素養。這點風祭警部恐怕也一樣，「原來如此原來如此。」不過他卻彷彿徹底理解這種比喻般連點了兩次頭。「——簡而言之，木戶靜香同學是個氣質高雅的女性吧。」

「嗯，是的。」西田真弓對著警部點了點頭。「不過新學期開始後，她好像有點變了。雖然我說不上來，但她最近感覺變漂亮了。或許是有了喜歡的人也說不定。」

「咦——怎麼會，騙人的吧！」杉原俊樹抗議似地大叫。

「那個，這麼說起來，關於昨天的事情……」

這時，之前始終保持沉默的另一名女學生突然開口了。一行人同時將視線轉向個頭嬌小的她身上。

風祭警部問道：「——妳是？」

「水野理沙，文學系大二生。其實昨天白天我在立川車站前碰巧遇見了木戶學姊。可是當時學姊的樣子有點奇怪……」

「什麼，妳昨天白天見到她了？喂，同學，快把當時的情況詳細告訴我們。」

在警部的催促下，水野理沙道出了昨天在立川車站前的咖啡廳內發生的事情。刑警們專心地聽她說。單就內容聽來，木戶靜香在咖啡廳內的行為舉止確實有幾個奇怪的地方。成年女性不會毫無緣由的在咖啡廳通道上突然跌倒。木戶靜香為什麼會那麼匆忙呢？

無視於困惑到歪著頭的麗子，警部關注的似乎是其他地方的樣子。

「我確認一下，昨天木戶同學的打扮是頭上別著髮箍，臉上戴著眼鏡，脖子掛著墜飾，左手腕戴著手錶，腰間繫著皮帶，然後腳上穿著高跟鞋。此外，她還帶了粉紅色的包包——是這樣沒錯吧？」

「是，的確是這種打扮，那有什麼問題嗎？」

聽了水野理沙的發問，麗子回答：「其實被害者的屍體身上完全沒有這些東西。剛才說的飾品或小配件之類的全都被犯人搶走了。水野同學，妳對犯人的目的有沒有什麼頭緒呢？」

面對麗子的問題，水野理沙沉默了。掩飾工作，她的腦海裡似乎也浮現出這種想法。只是，恐怕她也不知道該從何去釐清吧。

為了舒緩水野理沙僵硬的思路，麗子對她展露溫柔的微笑。

「不管是什麼都行喔，覺得不對勁的地方都說來聽聽看吧。」

「就算您這麼說……啊，這麼說起來！」

水野理沙啪地拍了一下手，麗子也跟著往前挺出身子。

「什麼什麼？妳想起什麼了嗎？」

「是的，當時有個穿著紅色禮服的女人經過咖啡廳前，還有個像是管家的黑衣人抱著一堆東西追在後頭。該不會這也跟事件有關——」

「沒有關係。那只是普通的行人罷了。」麗子很不自然地乾脆斷言。

「……喔、是這樣嗎？」彷彿被麗子的氣勢給震懾住一般，水野理沙噤口不語。

就在奇妙的沉默降臨眾人之間的時候，風祭警部嗚咳地稍微清了一下嗓子。

「言歸正傳吧。我們想知道的是木戶靜香同學的交友關係。除了在場的人以外，你們知道還有誰跟木戶同學關係匪淺嗎？」

「不是這所大學的人也可以嗎？」

社長西田真弓豎起食指說。「那我知道一個——就是寺岡浩次。」

「喔，那個寺岡是何許人物呢？」

「是這個電影研究會的前社長。他今天春天畢業，目前在銀行上班。」

木戶靜香應該暗戀著寺岡浩次才對，西田真弓以充滿信心的語氣對刑警們說。

「為什麼妳會這麼想呢？」

面對鄭重詢問的麗子，西田真弓只回答了一句「這是女人的直覺」。

4

麗子跟風祭警部去找寺岡浩次見面，是隔天禮拜二的事情。地點在正對著國立市引以為傲的主要幹道，大學大道的咖啡廳。麗子與風祭警部堂堂正正地坐在個性保守的人都會敬而遠之的露天平臺正中央，等待寺岡的到來。

銀行員寺岡利用午休時間，跟兩人約好了在這裡碰面。雖然雙方是第一次見面，但因為已經告知過我方是「坐在露天平臺上的白西裝男與黑色褲裝美女」，對方認錯人的可能性趨近於零。

比約定的時間晚了幾分鐘，一名青年才走向兩名刑警的桌子。

「對不起，讓您久等了。兩位是國立市警署的人嗎？」

這麼說完，寺岡浩次客氣地點頭致意。明明時值盛夏，他卻一身深藍色西裝打扮，而且領帶還繫得紮紮實實，看起來十足像個穩健的銀行員。身高算高，體格結實。精悍的臉龐晒得黝黑，頭髮剪得很短。他露出和藹可親的微笑時，脣緣可以看到白得不自然的牙齒。

就座後點好咖啡的他，重新在刑警面前報上姓名。

「我是寺岡浩次。聽說兩位想問關於過世的木戶靜香小姐的事情。聽聞她的死訊，我也感到相當震驚。只要是我辦得到的事情，不管什麼我都願意幫忙。請您儘管發問。」

看著應對進退完美無缺的寺岡，麗子突然毫無根據地心想「這男人該不會是真凶吧？」。自己的想法會變得如此扭曲，究竟是受到風祭警部的影響，還是被管家影山害的呢？無論如何，在麗子眼裡看來，寺岡浩次這個男人是絕不能輕忽大意的角色。

麗子推了推裝飾眼鏡，對坐在眼前的寺岡投以疑惑的視線。像這樣被刑警直盯著瞧，大多數人就算沒做虧心事也會忍不住別開目光。可是寺岡這個男人不知道是不是神經太大條，他反而正面回看麗子的眼睛。別開目光就輸了，這麼心想的麗子也賭氣瞪回去，不過對方卻怎麼樣也不肯移開視線。結果兩人的互瞪遊戲持續到點好的咖啡送來為止。

麗子對寺岡這個人的戒心越來越強了。

在緊張感的籠罩之中，風祭警部率先開口發問。

「寺岡先生跟已故的木戶靜香同學好像很親近的樣子。」

「這個嘛，我是不曉得能不能算得上親近。不過我們是大學時代電影研究會的學長學妹關係。」

「哎呀，是這樣啊。可是我聽說兩位正在交往呢。」

「還不到交往的程度——不過畢業之後，我們有好幾次機會單獨見面。比方說，我們曾在假日一起去看電影。」

「喔。單身男女假日去看電影，大多數人不是都稱之為約會嗎？」

風祭警部發表個人見解。寺岡浩次勉強贊同他的想法。

「這個嘛，如果您要這麼想的話，我也無法否定就是了。」

這麼說來，昨天白天水野理沙是在立川車站前的咖啡廳遇見了木戶靜香。那間店附近有一間立川市和周邊居民都很熟悉的複合式電影院。急忙離開咖啡廳後，木戶靜香會不會是趕著去跟寺岡浩次約好要碰面的地方呢？

警部大概也想到了同樣的可能性吧，只見他拐彎抹角地提出問題：

「最近一次你跟木戶靜香碰面是什麼時候？」

「我們最後一次單獨碰面應該是在大約半個月前。同樣是一起去看電影。」

「昨天沒碰面吧？」警部直截了當地問。

「沒有。」寺岡斬釘截鐵地否認。

「慎重起見，我想請教一下，昨晚你人在哪裡做什麼呢？」

「這該不會是在調查不在場證明吧？刑警先生。不過因為我過著單身的獨居生活，假日晚上大多是一個人在家。是啊，昨天也是這樣。所以我沒有什麼可以稱得上是不在場證明的事證。只是，您會懷疑我還真是令人遺憾啊。」

「不不，我們絕不是在懷疑你。」

這麼說完，警部對眼前的男人投以強烈懷疑的視線。「話說回來，被害者身上的鞋子、皮帶、眼鏡、墜飾，還有髮箍等等小配件全被拿走了。犯人為什麼要做出這種事情呢？關於這點，寺岡先生有沒有什麼想法呢？」

「這個嘛，雖然不太清楚，但小配件之中大概有什麼具有特殊意義的東西吧。比方說特別值錢，或是特別罕見的物品。對了，說不定她身上戴著犯人贈與的禮物呢。如果把那項物品留在屍體身上就離開的話，警察或許會懷疑起贈與者也說不定。擔心這點的犯人想把那樣東西從屍體上拿走。可是，如果只把要拿的東西拿走，反而會更引人注意，所以犯人才把其他無關的小配件也全都帶走。這種事情不是很有可能嗎？」

「原來如此，犯人送給被害人的禮物啊。嗯，果然大家想的都一樣呢。我們也正在考慮這種可能性。」

警部裝出一本正經的表情竊占了寺岡的見解。只要是有可能的想法，無論那是來自於部下還是嫌犯，警部都會貪婪地占為己有。這樣的風祭警部雖然稱不上優秀，但或許是最強的刑警也說不定。

不久，大致結束訊問之後，風祭警部轉頭面向鄰座的麗子。

「寶生，妳有沒有什麼想問的問題？」

麗子心想機不可失，對寺岡丟出了盤據心頭的疑惑：

「那個，冒昧請教一下，我臉上沾了什麼嗎？從剛才開始，你就一直不停看著我的臉，是有什麼令人在意的地方嗎？」

聽到這話，寺岡頓時驚慌失措，連忙將視線從麗子臉上移開。

「不、不，沒什麼。我只是覺得妳的眼睛好漂亮啊……真是對不起。」

這樣回答後，寺岡歉疚似地默默低下了頭。

5

這天晚上，在矗立於國立市某處的寶生邸內大而無當的客廳裡。

寶生麗子單手拿著玻璃酒杯，優雅地度過用完晚餐後的休憩時刻。麗子輕鬆地靠坐在沙發上，身上穿著跟白天的黑色服裝截然不同的粉紅色連身洋裝。綁在後腦杓的頭髮如今也都垂放下來，十足千金小姐的氣勢。

這樣的麗子啜飲了一口高腳杯內的紅酒，不經意地環顧著客廳。這時，一件陌生的物體突然躍入麗子的視線一隅，那是幾乎可以容納一個小學生的巨大陶壺，表面描繪著不知是伊萬里還是唐津的藍色花紋。麗子從沙發上起身，一邊走向那個陌生的陶壺，一邊詢問身旁的管家。

「欸，影山，這個奇怪的陶壺是怎麼回事？是誰送的嗎？」

聽了麗子所說的話，「啊啊，大小姐……」西裝打扮的影山露出好像很遺憾的表情左右搖了搖頭。

「您果然忘了呢。」

影山別有深意的一番話，讓麗子突然覺得背後冷颼颼的。「……難、難不成。」

「就是那個『難不成』。大小姐昨天在立川進行了異於尋常的採購。當時您在古董商店購買了黑檀木製的桌子吧。」

「嗯，我記得確實是這樣沒錯。」

「準備付帳之前，大小姐指著突然看到的巨大陶壺說『這個也要』，當下就決定買下了。感覺就像是順手買下放在便利商店收銀機旁的草莓大福一樣隨便——您不記得了嗎？」

「不、不會吧……」麗子抱住了頭。「我完全不記得了……這真的是我買的嗎？」

雖然麗子的興趣是購物，但當購物慾異常高漲時，有時連她都不記得自己買過了什麼東西。平常在演變成這種情況之前，隨侍在側的影山都會發出「異常購物警報」，藉此遏止麗子的購物慾，不過昨天似乎連他的警報也沒效的樣子。

麗子對自己的行為感到恐懼。

「真是不敢相信。再說，這種沒品味的陶壺到底要裝飾在哪裡啊？」

「那正是我想問的問題。說老實話，大小姐究竟是中意這個沒品味的陶壺哪一點而買下了它呢……」

「喂，影山，你說『沒品味的陶壺』是什麼意思啊！」

「是，這不是大小姐您自己說的嗎？」

「我可以說，但是你不能說！」

麗子懷著複雜的心情重新打量起那個陶壺。

「嗯，仔細一看，這壺還挺漂亮的嘛。釉藥的光澤等等都處理得不錯。將來或許會值錢也說不定——影山，慎重地把它裝飾起來，別打破了。放在我的寢室還是哪裡都行。」

「遵命。那我就擺到某個大小姐看不到的遠處吧。」

「也好，就這麼做吧。」彷彿想要甩開討厭的記憶般，麗子別開臉不看陶壺。「對了，昨天我們在立川車站前購物的時候好像被嘉德利亞大學的女學生看到了，害我一直擔心會不會在警部面前暴露真實身分。不過最後還是沒被發現就是了。」

「嘉德利亞大學……」影山這麼輕聲低喃，銀框眼鏡底下的雙眼頓時亮了起來。「我沒記錯的話，那所大學的女學生好像遭人勒斃了是嗎？印象中，我曾在午間的名嘴脫口秀節目上看過這則新聞。」

「沒錯，就是那起事件。」這男人今天又看了名嘴脫口秀節目啊。儘管感到傻眼，麗子內心還是希望借助影山的力量。為了激起他的興趣，麗子故意用嚴肅的語氣說道：「那是起非常奇怪的事件。被害者佩戴在身上的各種物品全被犯人搶走了，所以無法判別犯人真正想要拿走什麼。她究竟被搶走了什麼呢……」

講到一半，麗子裝模作樣地中斷話語，望向管家。於是影山把手貼在自己胸前，表現出管家應有的謙恭態度向麗子提議。

「大小姐，如果不介意的話，可以告訴我事件的詳情嗎？這樣敝人影山也能為大小姐略盡棉薄之力。」

「好吧。我就告訴你，仔細聽了。」

麗子彷彿特別施捨管家似地，開始訴說事件詳情。

之後過了一段時間——

站著聽完麗子所說的話後，影山輕輕吐了口氣，不疾不徐地開口。

「如同風祭警部所推測的，犯人奇怪的行動確實是掩飾工作。犯人將被害者身上佩戴的小配件全部搶走，讓人難以看出原本的目標物是什麼。」

「果然是這樣。那麼影山，你怎麼想呢？犯人真正想搶走的究竟是什麼？鞋子、皮帶、眼鏡、髮箍、手錶，還是……」

「不，犯人想奪走的並不是這些東西，而是另有其他。」

「另有其他是什麼啊？你該不會要說——犯人奪走了被害者的『性命』吧？不好意思，我不指望這種詼諧的答案。」

「不，這種無聊的答案我也想不到。」

你說無聊的答案是什麼意思啊！麗子不禁火大起來。無視這樣的麗子，影山自顧自地接著說：

「被害者被搶走的是更為具體的東西。從大小姐陳述的內容看來，那東西的真面目已經很清楚了——恕我失禮，大小姐。」

影山窺探著麗子的臉，冷不防地對她說：

「居然為這種程度的謎題而苦惱，大小姐還真是派不上用場呢。」

「！」宛如空手道高手擊破十枚瓦片般的衝擊聲響徹客廳——咖啦！

猛然回過神來，昨天剛買的巨大陶壺，已經在麗子眼前淒慘地碎裂了。是麗子聽完影山狂妄的發言後氣得揮拳打破的。即使如此，麗子還是怒火難消。她伸出一根手指指著管家，盡可能地大聲叫道：

「派不上用場是什麼意思！別看我這樣子，我有時候也是會派上用場的！」

「舉例來說是什麼時候呢？」

「不要一本正經地問這種問題啦，笨蛋——！」

麗子沒東西可打，只好用腳踹飛破裂的陶壺碎片，藉此表達心中的怒氣。

「那好，影山。既然都說到這個份上了，你就說來聽聽啊。犯人搶走的東西是什麼？好了，快說。那已經清楚地擺在我眼前了對吧。」

「好了好了，大小姐。別那麼激動，請冷靜想想。」

「所以說，到底是要想什麼啊？」

「大小姐的描述中，最值得注意的還是案發當日的白天，水野理沙在咖啡廳裡遇見木戶靜香這段插曲。」

「你是說木戶靜香在咖啡廳時樣子有點奇怪的事情吧。的確，這點是很讓人在意，其中有什麼特殊意義嗎？」

「有非常重大的意義。」

影山靜靜地點了點頭，然後接著說：「木戶靜香在咖啡廳內的怪異舉止以離去時尤其顯著。當時她抓空了眼前的空玻璃杯，還在什麼都沒有的通道上摔倒了。離開店裡時腳步也顫顫巍巍不太穩定。這些事情告訴我們一個事實，您知道是什麼嗎？大小姐。」

「木戶靜香看不清楚前面——是這樣沒錯吧？」

「哎呀。」影山意外似地眨著眼。「您發現了呢，大小姐。」

「少瞧不起人了。這點小事我也知道。照常理來想的話，只有可能是這樣了。不過問題是在那之後。的確，木戶靜香似乎近視度數很深的樣子，可是在咖啡廳裡的時候，她眼睛應該看得很清楚才對喔。因為她一如往常地戴著眼鏡。說她眼睛看不清楚就太奇怪了。」

「好了，這裡正是要思考的地方。她確實戴著眼鏡，不過那真的跟平常一樣嗎？」

「啊，原來如此。」

麗子砰地敲了一下掌心。「木戶靜香戴著跟平常不同的眼鏡——也就是度數不合的眼鏡，所以她看不清楚前方。這是很有可能的事情。啊啊，可是不對喔，影山。水野理沙曾經近距離看過戴著眼鏡的木戶靜香。木戶靜香戴著的眼鏡是她平時慣用的無框眼鏡，從她的證詞可以清楚得知這點。況且，故意戴著跟平常不同、度數不合的眼鏡也沒意義啊。」

「您說得是，在咖啡廳裡時，木戶靜香佩戴的無框眼鏡是她平時慣用的東西。鏡片度數應該也是合的才對。儘管如此，戴著眼鏡的木戶靜香視力卻異於平常——您覺得這是為什麼呢？」

「…………」麗子只能沉默地左右搖頭。

影山並沒有回答自己的問題，反而從其他角度繼續發表演說。

「話說回來，水野理沙供稱的咖啡廳小插曲中，還提及了木戶靜香另一項特別的舉動。」

「特別的舉動？那是什麼？」

「就是木戶靜香經常抬起眼來注視著水野理沙。而且她的雙眼看起來有點溼潤。這些事情究竟意味著什麼呢？」

「這個嘛。」麗子手抵著下巴思索起來。說到「往上看的溼潤眼眸」，那是戀愛中的女孩為了瞬間擄獲心儀男子的心而使用的高度技巧。在情竇初開的少女時代，麗子也曾對著固定在高處的鏡子，一次又一次地進行「完美抬眼」的特訓。不過女大學生抬起眼來看學妹究竟有什麼意義呢？這點麗子也相當懷疑。「嗯——我不太清楚。影山怎麼想呢？」

「一般來說，所謂『往上看的溼潤眼眸』是女性對男性賣弄風騷的低俗技巧。我想大小姐這麼高貴的人大概是與之無緣吧。」

「是是、是啊。我的確不可能抬起眼來對男性賣弄風騷。」

「就是說啊。如果知道大小姐做出了那麼輕浮的舉動，老爺一定會難過得唉聲嘆氣吧。」

影山勾起嘴角露出笑容。「言歸正傳，身為同所大學的學姊，木戶靜香沒有必要抬起眼來對學妹水野理沙賣弄風騷。更不用說木戶靜香還戴著眼鏡了。」

「嗯？眼鏡怎麼了？那跟抬起眼看人又沒關係。」

「不，那可大有關係了。雖然大小姐在工作中戴著眼鏡，但那是裝飾眼鏡。所以您不明白自是情有可原。可是，木戶靜香的眼鏡是用來矯正近視的眼鏡。如果戴著它抬起眼來看對方的話，那會怎麼樣呢？她的視線會通過鏡框之上的空間。這樣就不能透過鏡片看對方了。」

影山彎下腰，把手指貼在自己的銀框眼鏡鏡框上。然後他把眼鏡稍微往下拉，抬起眼來注視著麗子。的確，他的視線通過鏡框之上，投射在麗子身上。

「如此一來，鏡片就失去意義了。當然，視力也無法獲得矯正。近視的雙眼依然維持著近視的狀態。現在我只能很模糊地看到大小姐。」

「我想也是。嗯，我很明白了。」

「儘管如此，木戶靜香卻刻意用這種方式看學妹的臉。為什麼木戶靜香要故意用看不清楚的方式看對方呢？而且在這同時，雖然戴著照理來說看得很清楚的眼鏡，但她卻彷彿看不見前方似地抓空玻璃杯，在通道上跌倒，最後還踩著顫顫巍巍的步伐離去。您明白這代表了什麼意思嗎？」

「不，我一點也不明白。這是怎麼一回事？木戶靜香的眼鏡有什麼異狀嗎？」

「不，眼鏡本身並無任何異狀。那是她平常慣用的眼鏡。」

「那麼為什麼——」

「這很簡單。」這麼說完，影山道出了出乎意料的論點：「問題是在咖啡廳裡時，木戶靜香正戴著隱形眼鏡。正因為如此，她才能清楚看見原本看不清楚的東西。另一方面，原本看得清楚的東西就變得難以看清了。」

「呃，什麼什麼？我不懂你的意思。你說隱形眼鏡？騙人的吧。因為木戶靜香可是戴著眼鏡喔。而且從她屍體的雙眼中也沒發現什麼隱形眼鏡──啊，原來如此！」

事情到了這個地步，麗子才總算覺得曚蔽自己的東西掉出眼睛──不，應該說隱形眼鏡掉出眼睛吧──總之，她看見了真相。看著驚訝得瞠目結舌的麗子，影山以沉穩的語氣道出了同樣的真相。

「您已經明白了呢，大小姐。犯人真正想從木戶靜香屍體身上搶走的東西，那既不是鞋子、皮帶，也不是眼鏡，而是她眼中的兩片隱形眼鏡。」

「──也就是說。」麗子坐在沙發上這麼說完，便跟眼前的管家確認。

「在咖啡廳裡的時候，木戶靜香在兩眼戴著隱形眼鏡的狀態下又戴上了眼鏡，就這樣跟水野理沙交談。是這樣沒錯吧？影山。」

「您說得是。對於佩戴著眼鏡與隱形眼鏡兩種鏡片的她而言，周圍的景象看起來應該很扭曲吧。所以她才會抓空眼前的玻璃杯，在通道上跌倒，踩著顫顫巍巍的腳步迅速離去。」

「她之所以抬起眼來看水野理沙的臉，是因為那樣看得比較清楚吧。對於戴著隱形眼鏡的她來說，其實無須透過眼鏡鏡片，就能看清楚對方。」

「是的。另外，她的眼睛水汪汪的則是因為戴著兩層鏡片，導致眼睛負擔加重的關係。這樣想就說得通了。」

的確，如同影山所言，若是想成木戶靜香佩戴著隱形眼鏡的話，她一些不自然的舉動就都能解釋得通了。錯不了的。案發當天跟水野理沙在咖啡廳裡巧遇時，木戶靜香正佩戴著隱形眼鏡。如果是這樣的話，麗子也隱約猜出她在隱形眼鏡外又戴著眼鏡的理由了。

「木戶靜香不想讓熟人看到自己戴著隱形眼鏡——也就是形象有別於往常的自己吧。可是她運氣不好，在咖啡廳裡碰到了學妹水野理沙。於是她從包包裡取出慣用的眼鏡戴上，喬裝成平常的自己。就算眼前的景象看起來多少有些扭曲，那也比被人發現自己戴著隱形眼鏡要好得多了。她是這麼判斷的吧。」

「您說得是。既然都知道這麼多了，接下來就簡單了。木戶靜香為什麼要戴上平時不用的隱形眼鏡來到立川車站前呢？而她又是為什麼拚了命地想對學妹隱瞞這件事情呢？」

「是因為男人吧。」麗子滿懷確信地斷言。「聽電影研究會的人說，木戶靜香這位女性長得還算漂亮，但卻給人一種有點樸素保守的印象。對這樣的她來說，眼鏡就像是象徵性的道具。可是跟喜歡的男人見面時，這樣的她也會摘掉慣用的眼鏡，轉而佩戴隱形眼鏡吧。禮拜天在立川車站前的她正是準備要跟喜歡的男人碰面。是這樣沒錯吧。」

「是，雖然不像大小姐那麼有把握，但我也持相同意見。說到年輕女性戴著平常不用的隱形眼鏡偷偷見面的對象，第一個想到的都會是戀人吧。如此一來，若是平常總是戴著慣用眼鏡的女性，卻在佩戴著隱形眼鏡時遭到殺害的話，警察會如何判斷呢——」

「女性是跟戀人見面後才遇害的，警察一定會這麼研判。所以，下手行凶的嫌疑，第一個就會落在被害者戀人的頭上。」

「恐怕這名犯人也很擔心這點吧。所以犯人從屍體身上搶走了隱形眼鏡，使得被害者成為裸視狀態。一旦調查開始，警方馬上就會查出被害者是眼鏡的愛用者。於是警方理所當然會這麼想：犯人搶走了被害者的眼鏡。結果反而遠離了犯人搶走了隱形眼鏡的真相。這點正是犯人的企圖。」

「原來如此。而且犯人還從被害者身上拿走了鞋子、皮帶、包包等無關的物品。這種種行為，就是為了避免警方將注意力集中在被害者的眼睛。總之，這肯定是掩飾工作沒錯。」

「是，正是如此。事實上，警方對於犯人搶走了被害者什麼東西也是百思不得其解。犯人的掩飾工作可說是相當成功。」

「不過，與其搞得這麼麻煩，犯人搶走隱形眼鏡後再為屍體戴上眼鏡不是更好嗎？

被害者一定在包包裡放了眼鏡。就是木戶靜香在咖啡廳裡戴著的那副時髦的眼鏡。」

「您說得是。可是犯人並沒有想到這個點子。恐怕這名犯人是個視力良好，從未用過眼鏡跟隱形眼鏡的人吧。所以，犯人並沒有想到佩戴隱形眼鏡者會在包包內隨身攜帶眼鏡以防萬一這種司空見慣的可能性。因此，犯人才會沒發現包包內的眼鏡。」

「原來如此。也就是說，犯人是木戶靜香的戀人，而且視力八成不差——」

麗子腦海裡瞬間浮現出切中這些條件的人物姓名。

「犯人是寺岡浩次。他偷偷跟木戶靜香交往，視力大概也不錯。」

「電影研究會的杉原俊樹不用考慮嗎？」

「那個男生？不，他不是犯人。他跟戴著眼鏡的木戶靜香應該在社團教室裡碰過好幾次面才對。這樣的話，木戶靜香跟杉原俊樹約會時特意戴上隱形眼鏡就沒意義了。而且她應該也會乾脆地告訴水野理沙『接下來要跟杉原同學約會』。畢竟兩人是社團裡公認的一對嘛。因此，杉原俊樹不是犯人。犯人跟被害者的關係應該更不為人知才對，只有寺岡浩次才符合犯人的條件。影山也是這麼認為的吧？」

面對單方面徵詢同意的麗子，影山以慎重的態度開口。

「是，的確，我不否認寺岡浩次是涉嫌重大的嫌犯。不過老實說，在本次事件中，只有兩件事情我可以有把握地推理出來。即犯人搶走了被害者的隱形眼鏡，以及犯人是被害者的交往對象，只有這兩件事情而已。犯人是寺岡浩次的可能性的確很高，可是也不能就此斷言杉原俊樹犯案的可能性為零。而且還沒浮出檯面的其他交往對象也未必就真的沒有。」

「欸，照你這麼說的話，犯人永遠都抓不到了嘛。我覺得殺害木戶靜香的真凶應該就是寺岡浩次沒錯！」

「大小姐，如果只有『覺得〜〜應該』程度的證據，我覺得應該是無法逮捕犯人的喔。」

「我、我知道啦。不准酸我！」

麗子在沙發上盤起雙手，閉上眼睛思考了一會兒。有沒有能夠證明寺岡浩次是真凶的鐵證呢？還是他的證詞裡有沒有決定性的矛盾點呢？就在麗子這麼想的時候，腦海裡突然彷彿天啟降臨般靈光一閃。

麗子張開眼睛，對著好像在打什麼壞主意似地笑得一臉得意的管家說：

「我想到一個好點子了。他是不是犯人，就讓他自己說出來好了。」

「原來如此。您是說將寺岡浩次強行押進國立市警署的偵訊室，用近乎拷問的粗暴手段進行訊問逼供的做法吧。可是大小姐，這種做法可是冤獄的肇因喔。而且還可能招來各界抨擊……」

「誰會做出那種蠢事啊！」

麗子大喝一聲後，管家宛如放下心中一顆大石頭般吁了口氣。「聽您這麼說，我就放心了。那麼大小姐，您打算怎麼做呢？」

「沒什麼，只是問他一些問題而已。一分鐘內就可以結束了。」

這麼說完，麗子視線掃過客廳的時鐘。時鐘的指針已經走過了晚上十一點。麗子從沙發上起身，伸著懶腰打了個小小的呵欠。然後她對身旁的管家說：

「今天已經很晚了，接下來等到明天早上再說吧。到時候影山也一起來。我要把事件解決掉，絕不讓你再說我『派不上用場』！」

「那真是叫人期待啊。那麼，推理就留待早餐後——」

「嗯，這次的確是這樣呢！」麗子點了點頭，對影山露出意味深長的微笑。然後彷彿迫不及待明天的到來一般，麗子蹦蹦跳跳地離開了客廳。

6

因此，隔天早上過了八點的時候，在寶生邸內用完早餐的麗子，乘著影山駕駛的轎車出現在國立市某處的住宅區。最重要的嫌犯，寺岡浩次居住的公寓就在彎進前方窄巷的地方。坐在副駕駛座上的麗子穿著黑色褲裝配上黑色裝飾眼鏡，也就是所謂的寶生刑警裝。她定睛凝視著那棟公寓的三樓走廊。

「如果是認真踏實的銀行員，現在也差不多該出門上班了。」

面對這麼低聲呢喃的麗子，「那麼大小姐，請您帶上這個。」駕駛座上的影山這麼說著遞出了兩樣道具。麗子目不轉睛地盯著那兩樣東西，同時疑惑地歪起了頭。

「墜飾跟助聽器？」要我挑一個嗎？「我就只拿走墜飾囉。」

「不是的，大小姐。請您仔細看清楚。這條項鍊的墜飾是高性能收音麥克風，水滴狀的墜飾頭可以接收周圍的聲音。看起來像是助聽器的東西則是高性能耳機，請戴在耳朵上使用。我的聲音將會直接傳到大小姐耳裡。」

「喔，使用這個的話，我就能和影山說悄悄話了吧。」麗子仔細端詳水滴狀的墜飾頭，「雖然沒有必要，但我姑且收下了！」然後這樣對著麥克風大叫道。駕駛座上的影山趕忙摀著耳朵，足足彈起有十公分高。

「請、請您正常說話，大小姐。小聲說就聽得很清楚了……」

「果真性能不錯呢！」麗子佩服地這麼說完，便開心地將墜飾掛在脖子上。

這時，三樓的走廊傳來開門的聲音。緊接著一名男子出現在走廊上。

「是寺岡！」麗子語帶緊張地叫道，隨即打開副駕駛座的車門。「──我走了。」

請小心，在影山的送行聲中，麗子衝出了轎車。進入眼前的窄巷後，在那裡是公寓的公共玄關。麗子快步跑到玄關前，一邊將高性能耳機戴在左耳上，一邊等待嫌犯登場。

不久，玄關的自動門打開，裡頭出現一位身穿西裝，手提公事包的年輕男性。是寺岡浩次。看到眼前站著黑色褲裝打扮的女性，他一瞬間露出吃驚的表情。然後他立刻換上掩飾用的諂媚笑容迎向麗子。

「啊、嗨，這不是昨天的刑警小姐嗎？一大早的有什麼事情嗎？」

「不，沒什麼特別的事情。只是有些問題想請教你。」

「喔，刑警小姐有問題要問我？是什麼樣的問題呢？」

為了縮短跟寺岡浩次之間的距離，麗子走向他開口。

「昨天跟你會談的時候，你一直目不轉睛地盯著我瞧，這點我實在是在意得不得了。所以我才想就這件事情重新來請教你——」

「啊啊，是這樣啊。老實說，那是因為刑警小姐美得驚為天人，我一不小心就看得入迷了。不過昨天還有男性刑警在場，所以我不方便說出口。」

「咦？是這樣啊。討厭，我哪有那麼漂亮……嗚呼呼。」

對著被稱讚漂亮而歡欣雀躍的麗子，影山透過耳機提出警告。

『大小姐，現在不是高興的時候了。居然被對方言不由衷的恭維所惑，這可是自掘墳墓的行為喔。』

我知道啦！輕聲這麼說完——嗯，言不由衷的恭維？麗子疑惑地歪起了頭。

不過，現在不是在影山的遺辭用字中挑毛病的時候。麗子重新打起精神。

「的確，我或許是國立市警署最漂亮的刑警也說不定。可是，你盯著我瞧的理由真的只有這樣嗎？寺岡先生。」

「您、您究竟想說什麼呢？刑警小姐。」

「我總覺得昨天你不是看我的臉，而是我的眼睛，尤其是這副黑框眼鏡。於是我突然想到，我的眼鏡該不會跟遇害的木戶靜香同學很像吧？所以你才會不由自主地被我的眼鏡吸引了目光，不是嗎？」

「不是的。為什麼我會被刑警小姐的眼鏡吸引了目光呢？我會盯著女性的眼睛瞧就好像一種癖好。我喜歡眼睛漂亮的女性，就只是這樣而已。我才沒有注意眼鏡呢。」

「哎呀，你討厭戴眼鏡的女性嗎？」

「咦？不，也沒有說特別喜歡或討厭。況且刑警小姐的眼鏡跟木戶小姐一點都不像。她的眼鏡不像刑警小姐戴的那麼時髦，而是像教務主任會戴的那種土裡土氣的眼鏡——」

「！」這一瞬間，麗子在心中大聲叫好。然後她用誰都聽不見的微弱音量偷偷詢問遠處的夥伴。「——怎麼樣啊？影山。」

『真是太令人佩服了，大小姐。現在這一瞬間，他等於是承認了自己的罪行。』

耳機裡傳來管家讚賞的聲音。麗子忍不住露出得意的笑容。

「你說像教務主任會戴的那種土裡土氣的眼鏡，這是真的嗎？你們半個月前碰面時，她也是戴著這副眼鏡？」

「那當然──」話回到一半，寺岡臉上浮現狼狽的神色。「不──不是嗎？」

「沒錯，不是喔。」麗子從容不迫地點了點頭。「你所謂土裡土氣的眼鏡，是你今年春天大學畢業時木戶同學戴的眼鏡。不過跟你交往之後，木戶同學開始變得注重打扮，所以最近常戴時髦的無框眼鏡。寺岡先生，為什麼你沒發現她換了眼鏡呢？你跟她不是畢業以後還會常常一起去看電影的交情嗎？」

「為、為什麼……這個……」

「那是因為木戶同學跟你見面時沒戴平常的眼鏡。你喜歡眼睛漂亮的女性，所以一定偏好不戴眼鏡的女孩子吧。因此，木戶同學配合你的喜好，只在跟你見面時使用隱形眼鏡。以至於你沒發現她平常戴的眼鏡最近換成時髦的款式了。我有說錯嗎？寺岡先生。」

「…………」寺岡驚愕得說不出話。

「寺岡先生，禮拜天晚上你殺害了木戶靜香對吧。動機我不清楚。有可能是分手談不攏，或只是單純的情侶吵架衍生成殺人之類的吧。你殺害了木戶同學，將屍體棄置在國立市的建築工地現場。而在那個時候，你從被害者雙眼中拿走了隱形眼鏡。因為你認為若是留下隱形眼鏡，身為被害者交往對象的自己，就會遭到懷疑──如何？寺岡先生。這就是我的推理！」

『大小姐，那是我的推理。』

麗子爽快地忽視管家舉發推理小偷的控訴。「少囉唆，不要計較這種小事啦！反正推理又沒有什麼著作權！」

麗子忍不住對著墜飾大叫。「啊啊，可惡！」這時，眼前的男人突然奮不顧身向她衝撞上來。被撞飛好幾公尺的麗子，一屁股跌坐地上。趁著這個機會，寺岡浩次宛如脫兔般衝出了巷子。麗子重新站起來，對著墜飾大聲說：「影山！寺岡往你那邊逃了！」

『是——您要我怎麼做呢？』

「隨便怎樣都行，快想想辦法啊！」

儘管覺得自己下了一道荒唐的命令，麗子還是往逃跑中的寺岡背後追了過去。不過兩者的距離卻沒有縮短。如果讓這不顧死活的殺人犯就這麼逃了，究竟會有什麼處罰在等著自己呢？那恐怕是寶生財閥的力量也無法隨便搓丸子的重大失誤吧。

在心情灰暗的麗子面前，寺岡的背影逐漸遠去。可是，就在那背影準備衝出狹窄的巷口時！突然出現的豪華禮車以全長七公尺的車體徹底堵住了巷口。冷不防遭逢路障的寺岡，就這樣以全力奔馳的速度——咚！令人不忍卒睹地猛烈撞上了豪華禮車側面。

可憐的殺人犯寺岡浩次，以大字形暈倒在地上，結束了這齣短暫的逃亡劇。

麗子耳邊響起了影山沉穩的聲音。『您覺得如何呢？大小姐。』

麗子對著墜飾出聲稱讚。「做得好，影山。真是太漂亮了。」

『能派上用場是我的榮幸。』

聽著耳邊影山的聲音，麗子緩緩地踏步朝真凶走去。

第六話

道別要在晚餐後

1

國立市西三丁目的某座宅邸內疑似發生了凶殺案——

國立市警署接獲第一時間通報，是在八月下旬的週六下午。

當時寶生麗子正在國立市警署的偵訊室內就傷害事件對兩名小混混展開訊問。不過一聽說有殺人事件發生，她就再也無法保持沉默了。麗子丟下眼前的事件，火速衝出了偵訊室。雖然對小混混很過意不去，但比起在自行車賽車場互毆這種低水準的事件，殺人事件的優先順位必然要高得多了。

麗子立刻和其他調查員一起乘著巡邏車前往現場。

黑色褲裝配上黑框裝飾眼鏡，一頭長髮綁在後腦杓的樸素打扮。雖然乍看之下麗子只是個普通的新人刑警，但她的真實身分卻是名震天下的巨大複合企業——「寶生集團」總裁寶生清太郎的獨生女。這樣的麗子抵達現場一看，那裡已經被警官和巡邏車擠得水洩不通了。

巡邏車的行列之中停放著一輛銀色Jaguar。斜眼仔細確認過後，麗子便穿過宅邸大門。門柱上掛著寫有「清川」兩個字的名牌。

進入門內，可以看到雖然無法跟寶生邸相提並論、卻也還算寬敞的庭院。庭院後方則矗立著同樣無法跟寶生邸相提並論、卻也還算氣派的兩層樓住宅。

就麗子個人的感覺看來，那是一棟極其普通的民宅。不過，麗子早已認知到自己是層次不同的千金小姐，自己的感覺則是偏離了世上一般標準的這件事實了。以一般人的標準來衡量的話，清川邸大概是座足以稱之為豪宅的建築物吧。麗子這麼修正自己的判斷。這種平衡感是麗子以公務員的身分開始工作後逐漸學會的。

這時，邪惡的氣息從她背後悄悄逼近。

「嗨，妳現在才到嗎？小姑娘。」

熟悉的聲音，對嚇得挺直背脊的麗子說出熟悉的臺詞。雖然不用回頭也知道，但由於置身於不得不回頭的立場，麗子只好莫可奈何地轉過身去。

不出所料，站在眼前的是風祭警部。年紀輕輕才三十幾歲就擁有警部頭銜的他，正是國立市警署引以為傲的精英刑警。他的真實身分為以「低性能・高價格・高耗油率」而廣為人知的「風祭汽車」創業家公子。在麗子的「討厭的上司排行榜」中，這男人以壓倒性的差距遙遙領先、名列第一。

這位風祭警部一如往常，身穿純白色西裝。端正的側臉同樣一如往常，露出美男子式的笑容。麗子忍不住嘆了口氣。

「我來晚了，警部——不過，警部還是跟平常一樣沒變呢。」

「妳說沒變？喂喂，沒這回事喔，寶生。比方說，妳看，我這套西裝看起來跟平常一樣吧。」

「嗯，是看膩的——不，是看慣的白色西裝。」

「不過實際上可不是這樣喔。其實啊，這套西裝是我為了對抗今年的酷暑而重新訂做的。素材是南美產的珍貴麻纖維，由英國王室御用師傅負責縫製。不僅質地輕薄，透氣性良好，而且便於活動又不容易破。就算說是專為刑警量身訂做的西裝也不為過——不過價格也相對高了點就是了。」

「啊——是這樣啊。」我是說您那完全暴露炫富嗜好的自吹自擂完全沒變！

麗子拚命忍住了想要大聲叫出來的衝動，把話題轉移到事件上。「話說回來，被害者呢？」

「嗯，在這裡，寶生。瞧，屍體在這種極其普通的民宅被人發現……」

「才不是普通的民宅喔，警部！是豪宅啊，豪宅！」

說來真是不可思議，儘管經歷了遠比麗子還要更漫長的公務員生涯，風祭警部到現在卻還是沒認知到平凡人跟自己的差距。

麗子跟著風祭警部進入了清川邸的玄關。眼前出現了一名仰躺倒在走廊上的男性。男性身穿棕色 Polo 衫配上灰色長褲，年紀大約五十幾歲，是個花白髮絲全都往後梳得整整齊齊的紳士。他的後腦杓可以看到綻裂的紅色傷口，傷口流出的血液在走廊的鋪木地板上描繪出陌生的紅色地圖。除了後腦杓的傷口外，不見其他明顯的外傷。

面對仔細觀察屍體的麗子等人，年輕的制服巡警神情緊張地加以說明。

「被害者名叫清川隆文，是這個家的家長。清川家是在國立市周邊擁有好幾棟公寓的資產家，換句話說，隆文先生是個公寓經營者。」

「喔，居然經營公寓啊，這可真是優雅呢。不過我在中央線沿線上也有幾棟公寓就是了。」

警部透露了自身的優雅情報。然後他的視線落向掉落屍體旁的一根棒子。「如果後腦杓的傷口是致命傷的話，凶器應該是這個沒錯吧。」

警部戴上手套，從地板上拾起了那根棒狀物體。那是一把木刀。在全國知名運動用品店、或是觀光勝地的土產店，都能輕易取得這項物品。

「前端沾有血跡呢。」麗子把臉湊近染紅的前端部分，然後歪著頭說：「這把木刀是清川家的嗎？還是犯人帶來的呢？」

「這把木刀——」巡警再度從旁插嘴說道：「恐怕是隆文先生的東西。隆文先生熟悉劍道，每天都可以看到他在庭院前揮舞木刀的樣子。」

這樣說來的話，清川隆文是被自己的木刀擊中自己的頭，因而喪命的。他究竟發生了什麼事呢？麗子完全拼湊不出事件的輪廓。

在這樣的麗子身旁，「原來如此原來如此……事情越來越清楚了……」那個身穿白色西裝的男人煞有其事地皺起眉頭說。麗子瞬間不安起來。

——這男人該不會，不，他絕對什麼都不懂！

然而風祭警部不是那種因為部下投以冰冷視線就會有所動搖的男人。他將手中的木刀交給其中一名調查員，「把這個送交鑑識。」然後煞有其事地下達了指示。

「不過，現在很少會有蠢到在凶器上留下指紋的犯人吧——嗯？」

這時，警部的視線在面對走廊的一扇門上戛然而止。外觀是很常見的夾板門，在面對走廊的幾道門之中，只有那扇門稍微打開了一些。

「這間房間裡有什麼呢——？」

風祭警部一副不抱太大期待的樣子隨意拉動門把。不過他的表情忽然間充滿了像是偶然摸彩抽中頭獎般的喜色，然後他把握機會挺起胸膛，得意地說了這麼一句話：

「妳看看，寶生，果然如我所料！」

「…………」不不，不是「如我所料」，而是「出乎意料」啊，警部！

不過姑且不論是偶然還是必然，警部發現了什麼呢？這點麗子也很有興趣。麗子從警部背後往門的方向窺探。

原來如此，裡面呈現的光景帶有非常重要的含意。

那顯然是女性的房間。房間的主人並不是年輕女性，硬要形容的話，應該是中年以上年紀的女性。房裡有大型衣櫥、舊式梳妝臺與凳子、木紋電腦桌。旁邊是三層的抽屜。牆邊書架上的女性雜誌也很醒目。當然，只有這樣是不會特別引人注意的——

「這間房間被人翻過了呢。」

「嗯，有被人翻箱倒櫃的痕跡。」

衣櫥的門敞開，裡頭的洋裝連同衣架散落在地上。三層抽屜的底下兩層被拉出來。連梳妝臺用來收放化妝品的小抽屜也被拉開一半。書架上的書有好幾本雜亂地扔在地上。顯然這房間曾被誰四處翻動過。

「這麼說來，難不成這邊的房間也……」

語畢，風祭警部離開被弄亂的房間，來到了隔壁房間門前。氣勢洶洶地打開門後，「果然如我所料。」警部口中又再度說出了這句話。

這邊的房間是男性的書房。窗邊擺放著厚重的桌子，巨大的櫃子、書架，以及收放文件的檔案盒等等很引人注目。不過這間書房的抽屜也被拉開，書架遭人翻動，收放在檔案盒裡的一些文件散落地上。

「唔，是竊賊幹的好事嗎？」

彷彿呼應警部的自言自語般，「——有！」制服巡警抬起頭來大叫。

「嗯？怎麼了？你有什麼線索嗎？」

「是，警部。其實近一個月以來，這附近連續發生了三起竊盜案件。這三起竊案都是犯人趁家中無人之際，利用開鎖技術打開玄關大門，入侵建築物內行竊。犯人翻遍了房間每一個角落，搶走現金、貴金屬、存摺及卡片等等後逃逸。」

「呵呵，原來是這樣啊。」警部從容不迫地點了點頭。「闖空門的竊賊被住戶目擊犯罪，於是臨時起意下手殺人。這種情節很有可能上演呢。妳說是吧？寶生。」

「是。這種情況確實相當有可能……」

「不，還不行！現在就這麼斷定還太早了。妄下結論是偵辦的大忌啊，寶生。」

「…………」是你自己在徵詢人家的同意吧！

麗子咬緊牙關，恨恨地瞪著任性的上司。

於是警部再度向巡警發問：「話說回來，除了隆文先生以外，清川家還住了誰呢？夫人應該有幾位吧？」

「當然只有一位。」巡警一本正經地回答。「夫人名叫芳江。夫妻倆育有已成年的兩個女兒，長女智美與次女雅美。另外，不知道該不該說是食客，還有一位隆文先生的親戚。是個四十多歲的女性，名叫新島喜和子。聽說她跟丈夫離婚後無家可歸，隆文先生看不下去，於是對她伸出了援手——總之，包含隆文先生在內，這個家裡總共住了五人。順帶一提，發現屍體的是次女雅美小姐。」

好，我知道了，警部深深點了點頭，然後閉起單眼對麗子說：

「那就先找那個叫雅美的女孩問話吧。」

2

麗子等人暫時離開室內，到庭院的樹蔭處躲太陽，並且跟第一發現者見面。

清川雅美就讀私立嘉德利亞大學，是個年方二十的女大學生。粉紅色T恤底下露出纖細的手臂。修長的雙腿自格紋迷你裙中直直伸出。從兩者都晒成了健康的小麥色看來，今年夏天她肯定去海邊游泳超過兩次以上——雖然這終究只是麗子的想像，但事實八成也相去不遠吧。

「不好意思，在妳正深受打擊的時候冒昧打擾，不過方便告訴我們發現屍體的經過……」

這時，中央線的電車轟轟作響地駛過，掩蓋了警部的語尾。清川家的建地旁有鐵路經過，似乎經常為噪音所擾。

雅美輕輕吸了幾下鼻子，緩緩地開口。

「我有想要買的洋裝，所以今天早上出門去了吉祥寺。是，就我自己一個人。買完東西吃過午餐，在街上閒晃一陣子之後，我就回到了國立市。我想，我應該是在下午兩點半左右到家。正準備打開玄關的門鎖時，我突然覺得不對勁。因為玄關的門鎖已經開了。」

「唔，為什麼妳會覺得門鎖開著很奇怪……」

電車再度通過，打斷了警部所說的話。

「今天家人碰巧都有事，白天家裡應該沒人在才對。我預計是最早回家的，所以才會覺得有點意外。當然，我只是認為『有人比預計還早回家』，就這樣很正常地開門進了玄關。」

「當時屋內的情況如何？妳馬上就發現異狀……嘖，又來了！」

聽到電車第三次經過的聲音，警部忍不住咂舌。雅美等待聲音停止後才回答問題。

「是的，從玄關踏進屋內的瞬間我就察覺了異狀。爸爸倒在走廊上。當然，我馬上就發現那是爸爸。因為我家只有爸爸是男性，除了他以外不作他想。不過，一開始我以為爸爸是因為急病還是什麼的昏了過去。可是衝過去一看，爸爸頭上正在流血……我試著觸摸爸爸的身體，這才發現爸爸已經變得渾身冰冷了……」

不知道是不是又回想起衝擊的景象，雅美打起了哆嗦。

面對這樣的她，這回換麗子開口詢問：

「妳父親今天預計去哪裡，又預計幾點回家呢？」

「爸爸的興趣是打高爾夫球，所以今天去了高爾夫球練習場。預計傍晚才會回家。」

「是嗎？那麼他就是比預計時間提早很多到家囉。關於令尊中斷行程、早早返家的理由，妳有沒有什麼頭緒呢？」

聽完這個問題，「不，我什麼都不知道……」雅美只是一味地搖著頭。於是麗子換了個問題。

「話說回來，打一一〇報警的是妳吧？」

「是的，沾血的木刀掉在倒地的爸爸身旁。看到那把木刀，我心想爸爸肯定是被誰殺害了，所以毫不猶豫地馬上就打電話報警。」

「那把木刀是這個家裡平常就有的東西，沒錯嗎？」

「是的，那確實是爸爸的木刀。為了在庭院裡練習揮劍，爸爸將那把木刀插在玄關的傘架裡。另外，在小偷闖入時，也可以拿來當作防身工具。」

「原來如此——話說回來，妳有注意到面向走廊的其中一扇門稍微開著嗎？那似乎是女性的房間。」

「是，那是媽媽從事個人嗜好或看書時使用的房間。那間房間怎麼了嗎？」

「其實那裡有疑似小偷翻動過的跡象，隔壁的書房也一樣。」

聽完麗子所說的話，雅美的表情瞬間充滿了驚慌的神色。

「那、那該不會是最近在這一帶到處行竊的小偷幹的吧？所以說，爸爸是被那個小偷殺死的嗎？」

「不，現在還不能肯定——是這樣吧？風祭警部。」

「啊啊，沒錯。」警部點了點頭，然後臉色不悅地對麗子說悄悄話：「雖然這種事情是無關痛癢啦，可是為什麼電車老是挑我發問的時候經過呢？妳發問時就完全沒有經過。難道是中央線故意跟我作對？」

「不是的，那只是湊巧，警部。」

麗子安撫著不滿的上司，然後對雅美問道：「話說回來，妳跟外出的家人取得聯絡了嗎？除了妳以外，我聽說清川家還有姊姊、母親，以及食客——不，是同住的親戚。」

「是，剛才我已經用手機聯絡過了。再過不久，所有的人應該就會回來了……」

雅美露出擔心的表情，將視線投向門的後方。這時，一輛計程車剛好在門前停了下來。後座車門打開後，裡頭衝出一位時下少見的和服打扮中年女性。雅美一副鬆了口氣的樣子，對刑警們呼喊：

「啊，回來了！那是我媽！」

身穿和服的女性是被害者的妻子，芳江。她手裡拎著一個小包包。

此時，從反方向駛來的另一輛計程車，也在門前緊急停車。自後座現身的是穿著紅色無袖背心及牛仔短褲的年輕女性。

「啊，姊姊也回來了！」

身穿紅色無袖背心的女性是被害者長女，智美。

芳江與智美母女相繼穿過門前拉起的黃色封鎖線後，隨即奔向雅美身邊。兩人一臉激動地逼問雅美。

「這是怎麼一回事?雅美。妳說那個人死了是真的嗎?」

「騙人的吧。爸爸居然死了,真叫人不敢相信!」

可是雅美只是低著頭沉默不語。

這時,又有一位女性穿過黃色封鎖線出現了。女性推著腳踏車,身穿米色短袖襯衫配上深藍色牛仔褲。體態豐盈,肌膚白皙。握著把手的雙手飽滿肉感。年紀大約四十幾歲。

「雅美,發生什麼事了!隆文先生死了是怎麼一回事!」

她也大叫著一直線衝向雅美。她放掉的腳踏車啪嗒地倒在庭院裡,車輪空洞地咖啦咖啦轉動。

看來這位年約四十多歲肌膚白皙的女性,就是清川家的食客,新島喜和子。也就是說,除了死去的隆文之外,這樣清川家就全員到齊了。

彷彿迫不及待等候這一瞬間到來般,風祭警部迎向四位女性。然後警部裝模作樣地輕咳一聲,嚴肅地開口。

「嗯,清川隆文先生過世了。他是遭到某人殺害的。各位的心情我可以體會,不過還請各位協助我們警方進行調……嘖!」

中央線電車又再度通過,完全無視咂舌的警部——

3

麗子跟風祭警部請妻子芳江確認隆文的屍體，然後帶她到那間被翻箱倒櫃過的女性房間。一踏進房間，芳江臉上立刻流露動搖的神色。

「這裡是夫人的房間吧？」

面對警部的問題，「——是。」芳江點了點頭，隨即走向留有翻弄痕跡的衣櫥。

「是誰做出這種事情？該不會是最近這一帶鬧得沸沸揚揚的那個小偷……」

不過警部並沒有回答芳江的問題，只是逕自提問：

「怎麼樣？夫人。您有發現什麼東西不見了嗎？貴重物品之類的有被偷走嗎？」

「貴重物品？不，那是不可能的。」芳江都還沒確認過抽屜及櫃子的內容物就馬上回答。「因為打一開始就沒有什麼貴重物品。」

「您的意思是清川家並沒有表面上看起來那麼有錢，實際上已經經濟拮据了是嗎？」

「請不要說那麼沒禮貌的話，刑警先生！我是說這房間原本就沒放貴重物品。這裡完全沒有任何現金，貴金屬跟首飾之類真正重要的東西也都收在二樓房間的金庫裡——該不會連那裡也被翻動過了吧？」

「不，小偷翻動過的似乎只有這個房間跟隔壁書房而已。順便請教一下，隆文先生是否在書房裡放了貴重物品呢？」

「這個嘛，雖然我不是很清楚外子書房的情況，但應該沒放什麼小偷想要的東西才對。」

「是這樣啊。不過，小偷想要的，不一定都是現金及貴金屬。潛入他人家中竊取個人情報及機密文件的不法之徒也並不罕見。」

警部走向置於電腦桌旁的三層抽屜。「比方說，這個最上層的抽屜怎麼樣呢？」這麼說完，警部抓著抽屜把手往自己的方向拉。

然而抽屜只是發出咖嗒一聲，並沒有打開。警部驚訝似地歪著頭。「這個抽屜上了鎖呢。」

「是的。不過那個抽屜沒放什麼特別重要的東西。只有日記、筆記本、信件之類的，全都是私人物品。」

「可以讓我們看看嗎？」

「啊？」芳江以蘊含敵意的眼神冷冰冰地注視著警部。「為什麼？為了解決事件非得這麼做不可嗎？」

「是、是的……為了解決事件，請您務必讓我們看看。」警部戰戰兢兢地請求。

「是嗎？那就沒辦法了。」芳江勉強點頭同意。

然後她從手中的包包裡取出一把小鑰匙，打開了那個抽屜。裡頭整齊地擺放著芳江說明過的東西。芳江在麗子他們面前出示日記和筆記本等等物品，「——如何？刑警先生。這樣您滿意了嗎？」同時板起面孔生氣似地問。

即便風祭警部也不敢要求看別人的日記內容。他只簡短地說一句「可以了」，便放芳江離開。

等芳江離開房間後，「呼。」風祭警部誇張地嘆了口氣。

「那位夫人雖然是個美女，但總覺得有點恐怖呢。她瞪著我的眼神好凶狠啊。」

「的確，感覺上是個個性剛強的人呢。不曉得她跟隆文先生夫妻之間的感情怎麼樣。」

「原來如此，看來有必要先確認一下了。不過看夫人那樣子，我猜夫妻關係八成已經降到冰點了吧。」

「警部，您太武斷偏頗了……」

麗子與風祭警部邊談論著這種事情邊走出芳江房間。

不久，驗屍作業開始，清川隆文的屍體經由法醫之手仔細地進行調查。根據法醫的看法，隆文的推測死亡時間為下午一點到兩點之間的一個小時。死因為後腦杓遭強烈撞擊，導致頭蓋骨凹陷及腦出血，據推測死者幾乎是當場死亡。凶器也已經確認是掉落屍體旁的木刀了。

獲得這些情報後，麗子與風祭警部把清川家的人集合在宅邸的客廳裡。空間內瀰漫著悲嘆與緊張感。警部走到客廳中央，在眾人的注目之中開口。

「今天集合各位到這裡來不為別的。我們有些問題想請教各位，過程可能會耽誤各位一些時間，煩請見諒。」

「有需要問什麼嗎？」芳江對警部發洩不滿。「犯人是小偷吧？既然如此，請您不要繼續在這裡發愣了，趕快抓住那個小偷吧。」

芳江毫不畏懼地逼問警部。那模樣在麗子眼裡看來也是有點恐怖。

「好了好了，您別那麼著急，夫人。」儘管招架不住，警部還是接著說：「的確，現場狀況看來很像是竊賊強盜殺人的樣貌，但是，也有可能是偽裝成竊賊犯行的凶殺案。所以慎重起見，我們想請教各位——」

警部依序打量一行人的臉。「今天下午一點到兩點之間的一個小時，各位在哪裡做些什麼呢？請告訴我們。」

警部提出這個問題的瞬間，些許動搖在齊聚客廳的眾人之間蔓延開來。

長女智美從鴉雀無聲的眾人之中往前踏出一步。清川智美比雅美大四歲，今年二十四。聽說是在知名保險公司國立市分公司上班的ＯＬ。亮麗的黑色長髮充滿魅力。露出無袖背心的手臂雖然不及妹妹雅美，但也晒得有點黑。這樣的智美對著警部堅決抗議著說：

「這該不會是在調查不在場證明吧？刑警先生。」

「是的，這正是在調查不在場證明喔，智美小姐。」警部堂堂正正地挺起胸膛，一改之前的態度反問：「──那有什麼問題嗎？」

「咦？」面對警部意想不到的反問，智美無法回答。「不、不，沒什麼。請您繼續，刑警先生……」

很好，風祭警部彷彿這麼說似地點了點頭，然後先將身體轉向芳江。

「那麼夫人，您怎麼樣呢？下午一點到兩點之間，可有不在場證明？」

在警部的試探之下，芳江沉思了一會兒，最後放棄似地左右搖了搖頭。

「這段時間我身陷新宿的人潮之中。目的是為了幫最近要結婚的朋友挑選賀禮。不過我是自己一個人逛了好幾家店，所以肯定沒有人能為我作證。」

「喔，那真是太可惜了。」警部面無表情地說。「那麼智美小姐如何呢？」

被問到的智美，用不帶絲毫迷惘的語氣流利地這麼回答。

「我今天跟公司同事一起去了立川的電影院，所以跟我一起看電影的大塚先生可以為我作證。是，我一直跟大塚先生在一起，所以我不可能是犯人。」

「原來如此──話說回來，那位大塚先生是妳的交往對象嗎？」

「不，不是的，是朋友，不是交往對象，您不要擅自認定，我會很困擾的。」

智美以難以置信的速度激烈地否認。不過，那不自然的態度比什麼都要清楚地說明了事實。大塚八成就是智美的交往對象沒錯。如此一來，大塚的證詞就無法證明智美的清白。因為戀人的證詞缺乏客觀性，無法做為有效的不在場證明。

緊接著，警部轉身面對站在智美旁邊的妹妹。「雅美小姐怎麼樣呢？」

「咦？我嗎？可是，是我發現爸爸死掉了喔。」

「是的。不過第一發現者是真凶的情況也不罕見，慎重起見，我還是得請教妳。」

雅美無力地垂下雙肩，輕輕地嘆了口氣。

「就像剛才也說過的，這段時間我人在吉祥寺街上買東西。我是自己一個人在街上到處閒晃，所以沒有稱得上證人的人。跟媽媽一樣。」

「我明白了——最後是新島喜和子女士，讓您久等了。輪到您了喔。」

警部望向佇立牆邊，白皙豐盈的中年女性。

「您怎麼樣呢？您好像騎著腳踏車外出的樣子，請問您是去了哪裡呢？」

「那個，對了，我到隔壁的國分寺稍微打發時間……」

「喔，您所謂的打發時間是？」

聽完警部的問題，喜和子不知為何結巴了起來。

彷彿代替這樣的她發言一般，芳江惡意地從旁插嘴說：「去打柏青哥喔。」

「不對，是玩吃角子老虎。」喜和子更正著說。

「…………」兩者都差不多吧，麗子不由得在心中嘆了口氣。

芳江與喜和子在可怕的氣氛之中互相瞪著彼此。可是最後她們不約而同地撇開視線，別過臉去不看對方。

看來芳江跟喜和子的個性似乎合不來的樣子。不過，芳江會厭惡喜和子這個食客的存在也是情有可原。而且現在丈夫隆文又過世了，芳江自然不用再對毫無關係的喜和子客氣。兩人的不和浮出檯面，可說是必然的結果。

風祭警部輕咳一聲，然後接著說：

「總之，喜和子女士人在遊樂場吧。」

「是啊，可是我馬上就玩輸離開店裡了。之後因為沒錢，我就在街上閒晃。」

「所以說，下午一點到兩點之間，您沒有不在場證明囉？」

「當、當然沒有啊。不過，這點其他人也一樣，沒道理只懷疑我一個人吧。再說，我又沒有動機。我跟丈夫離婚後不知該如何是好的時候，是隆文先生讓我住進這個家的。我怎麼可能殺死隆文先生。要是這麼做的話，我就不能繼續住在這裡了。」

新島喜和子像這樣為自己辯護完，接著轉而開始攻擊。矛頭指向了芳江。喜和子筆直地指著芳江的臉說：

「與其懷疑我，倒不如先懷疑那個女人怎麼樣啊？刑警先生。」

「妳說什麼！」芳江立刻吊起眼角。「妳到底想說什麼！」

「妳背著隆文先生跟年輕男人偷偷搞外遇，這點小事我是知道的喔。不，不只是我，隆文先生應該也發現了。所以你們夫妻關係緊張，感情早就淡了。妳和隆文先生離婚，只是時間遲早的問題不是嗎？不過這樣妳就虧大了。因為這座宅邸跟財產全都是隆文先生的東西，所以妳才會在事情演變成這樣之前殺了隆文先生。如此一來，身為妻子的妳就能分到一半的遺產……」

「給、給我住口，妳這個厚顏無恥的女人！」

「哼，這句話我原封不動地奉還給妳！」

客廳內緊張感急遽攀升。彷彿在摔角場中央互瞪的摔角選手般，新島喜和子和清川芳江逐漸縮短彼此的距離，視線激烈地撞擊在一起。此時，不曉得是不是只有在這種時候才會萌生職業意識，明明大可以置之不理，風祭警部卻硬是介入了兩人的爭執之中。

「好了好了，請住手吧，兩位大嬸。都一把年紀了還像小孩子一樣。」

警部，您那麼做別說是調停了，反而更像是在導火線上點火啊……

麗子不禁抱住了頭。

結果不出所料，「少囉唆！」「你說誰是大嬸啊！」警部慘遭兩人痛罵，接著還挨了兩人份的巴掌，以非常驚人的速度飛到了牆邊。

咚，風祭警部背部重重撞上了牆壁。彷彿把這聲音當成了摔角比賽開始的鐘聲般——

兩名熟女終於開始扭打起來。

4

於是，在客廳的訊問演變成大混戰。這場沒有勝者也沒有敗者的無謂之爭持續到最後，殺人事件的真相就這樣被馬馬虎虎地擱置一旁了。

麗子跟風祭警部暫時離開宅邸前往庭院，開始討論起這次事件給人的印象。

「雖然乍看之下像是竊賊所為，但事實恐怕不是這樣。」

風祭警部以有把握的語氣斷言。「看過剛才的情況後，妳應該也感覺到了才對。籠罩著這座清川邸的險惡氣息，生疏不快的氛圍。在這樣的環境下，隆文先生遭到殺害了。這不是偶然。沒錯，隆文先生不是運氣不好被小偷臨時起意殺死的。他是被住在清川家的某個人殺害的。」

「聽您的口氣，警部心中已經想到人選了嗎？」

麗子這麼試探，「是啊。」於是警部得意似地露出笑容。

「首先，最可疑的人物，不用說，就是芳江夫人。一如我的想像，她跟隆文之間夫妻關係險惡。就像新島喜和子也一針見血指出的那樣，殺害丈夫將為妻子芳江夫人帶來龐大的利益。不過另一方面——」

警部像是顧忌旁人似地壓低聲音。「我覺得新島喜和子也很可疑。的確，她沒有動機。如果隆文先生死了的話，最倒楣的應該是她吧。可是，她的舉動充滿了諸多疑點。才剛主張自己是清白的，她突然又揭露清川夫妻的不和，跟芳江夫人開始大吵起來。怎麼會有這麼愛惹事生非的人啊。真是太可疑了。」

「警部說得是，芳江夫人跟新島喜和子都十分可疑呢。」

照這麼說來，這兩名熟女都不是真凶囉——麗子暗自心想。

因為從過去的經驗法則之中，可以清楚看出「風祭警部鎖定的嫌犯大多不是真凶」的趨勢。換言之，抵達真相最短的捷徑，就是跟風祭警部的推理背道而馳。這是麗子跟無能的上司搭檔之後，創造出來的必勝法則，不過這種事情當然不能在本人的面前說就是了。

於是為了不損及警部的自尊心，麗子委婉地指摘說：

「智美跟雅美姊妹，也是隆文先生死後可以繼承遺產的人。就算是親生女兒，也不能將她們排除在嫌犯之外吧。」

「那當然。好巧啊，我也正想著跟妳一樣的事情呢。」

巧個頭啦，這個大騙子！麗子在心中吐舌扮鬼臉。就在這個時候——

「欸，你們是刑警嗎？」

一個嘶啞的聲音突然對麗子他們搭腔。刑警們驚訝地回頭一看，在他們視線前方的是隔開清川邸與鄰家的水泥圍牆。聲音的主人從圍牆另一頭好奇地看著這邊，看來對方似乎是住在隔壁的老人。老人身穿白色開襟襯衫，皮膚晒得黝黑。逐漸減少的珍貴毛髮集中在一個地方，勉強緩和了頭頂的冷清感。面對這位老人的提問，警部回答：

「是，我們正是國立市警署的刑警。看起來只有可能是這樣了吧？」

「會嗎？老夫倒覺得要說是刑警還挺牽強的……算了，不說這個，你們有沒有什麼問題想問老夫啊？」

「想問的問題？您是說關於那神祕的髮型嗎？」

笨蛋！麗子猛力撞開失禮的上司，然後轉頭面向老人。

「老爺爺，關於清川家的殺人案，您知道些什麼嗎？」

「嗯，老夫名叫野崎亮吉，住在這個家裡。其實今天下午，老夫目擊了令人在意的奇妙景象。當時老夫沒有多想，但一聽說清川家的先生被殺害，老夫覺得還是跟警察說一下好了——你們想聽嗎？」

「請務必告訴我們，您到底目擊了什麼呢？」

「嗯，那是今天白天的事情。當時老夫正走在自家二樓的走廊上。從二樓的走廊望出去，可以看見這道圍牆後的清川家，芳江女士的房間幾乎就在正對面——」

察覺到野崎亮吉的言下之意，麗子緊張起來。「難不成……」

當麗子正準備開口發問時，這回換風祭警部把她推開，將頭探出圍牆後方。

「喂、喂！老頭，難不成你看到芳江夫人的房間裡有誰在嗎？」

「喂，臭小子，你說誰是老頭啊！」

「對、對不起。」警部心想，要是得罪重要的目擊證人就不好了，於是立刻壓低姿態再度發問。「難不成您看到芳江夫人的房間裡有誰在嗎？如果是這樣的話，還請您告訴我們當時的情況，老前輩。」

所謂有體無禮，就是像這樣吧，麗子傻眼地這麼心想。不過老人姑且還是平息了怒氣，

「嗯，老夫的確看到了。」並且重重地點了點頭。「可是說看到，也還是隔著一扇玻璃窗。房間裡很暗，看不清楚對方的臉。不過那不是芳江女士。應該說根本不是女性。隔著玻璃窗看到的人影，像是身穿黑衣的男性。」

「芳江夫人房間出現了可疑男性的身影！那是幾點左右的事呢？老……呃，老前輩。」

「這個嘛，正確時間老夫不清楚，不過大概是下午一點過後吧。」

下午一點過後。那跟隆文先生的推測死亡時間一致。獲得重要證詞而興奮不已的警部，接著又向眼前的老人發問。

「您知道那個男人在芳江夫人房裡做什麼嗎？比方說翻動芳江夫人的衣櫥或抽屜之

類的……」

這算是誘導訊問喔，警部！在輕聲這麼說的麗子面前，野崎亮吉用力地點了點頭。

「看起來的確是這樣呢。那男人在桌子旁邊弓起背部，一副像是在檢視某種東西的樣子。不過，老夫也不可能一直站在走廊上從窗戶觀察隔壁的情況。老夫馬上就離開那裡了。可是啊，老夫看到的人影，有可能是這些日子以來在附近到處行竊的臭小偷吧。」

「除了那個人以外，您還有看到什麼嗎？」

「這麼說起來，那大概是老夫到一樓之後不久的事吧。當時老夫前往起居室打開窗戶，就這樣漫不經心地看起書來，可是，這時鄰居家突然傳來『呀』一聲短促的慘叫聲。然後好像還聽到了像是重物掉到地板上的聲音。那時候老夫也沒有特別留心，可是現在回想起來……」

「是隆文先生！那是隆文先生被木刀毆打時的慘叫聲，還有倒在地上的聲音！」

獲得新證詞而難掩興奮的警部摸著下巴故作沉思一會兒。「好，我知道了。」然後他煞有其事地點了點頭，在麗子等人面前發表了新的推理：

「這起事件果然是那個小偷幹的沒錯。小偷潛入沒有人在的清川家，在芳江夫人的房間內翻箱倒櫃。不過隆文先生卻在此時返家，於是小偷跟隆文先生起了爭執。拿出木刀的應該是隆文先生吧。可是小偷卻搶下那把木刀，賞了隆文先生一擊。隆文先生發出慘叫聲倒在地上當場死亡。成了殺人犯的小偷連忙逃離現場。總之，這起事件就是這麼單純——好，這樣事情就簡單了。」

話才剛說完，風祭警部立刻對站在一旁的麗子做出指示：

「寶生，把小偷找出來。動員人力收集可疑人物的情報。當然，重新調查過去這附近發生的竊盜事件也很重要——啊？芳江夫人跟新島喜和子？那種事情隨便怎麼樣都好啦。她們是犯人的可能性已經無止境的趨近於零了。犯人是小偷，是男人啊——就跟我一開始推測的一樣！」

警部似乎很乾脆地捨棄了先前的見解，轉而支持「竊賊犯人說」了。

——那麼，跟警部的推理背道而馳的捷徑又在哪兒呢？

麗子不自覺地這麼心想。

5

「——原來如此。事情的來龍去脈我很清楚了。」

清川家發生殺人事件的那天晚上。放在寶生家客廳裡的瑞士時鐘，顯示時間已過了午夜。把雞肝沙拉、蘑菇濃湯、法式奶油烤牛舌魚等等平凡的菜餚塞進胃袋後，麗子單手拿著紅酒酒杯，坐在沙發上享受放鬆的時刻。

在這期間，麗子一如既往，毫不隱瞞地對隨侍身旁的管家影山道出今天事件的詳情，甚至連調查上的機密事項也都滔滔不絕地說完了。彷彿完全沒有保密義務這回事一般。

聽完事件詳情後，管家往麗子的高腳杯內倒進新的紅酒。

「總之，大小姐無法贊同風祭警部的推理對吧？」

「不要說贊同了，那個人的想法三不五時就變來變去。只要跟那個人交談，就會越來越搞不懂什麼是對什麼是錯。」

「原來如此，您說的確實有道理。」西裝打扮的影山瞇起銀框眼鏡底下的眼眸。「那麼大小姐究竟是怎麼想的呢？真凶究竟是小偷？還是清川家的人呢？」

「就是因為不知道，我才會詢問你的意見啊。」

麗子說話的口氣好像徹底放棄思考了。影山無奈地聳聳肩，「這倒也是——」然後靜靜地點了點頭，「這麼問的我真是太愚蠢了。」隨即若無其事地做出失禮的發言。不過影山就是這種男人。

這樣的影山，面對坐在沙發上的麗子，以具有安定感的低沉嗓音說：

「在陳述我的想法之前，我想先請教一個問題。」

「可以啊，你想問什麼？」

「我想問的是關於凶器的木刀。木刀送交鑑識後應該進行了指紋採樣才對，結果怎麼樣呢？」

「啊啊，你說這個啊。很遺憾，木刀上沒有驗出可疑的指紋。當然，隆文先生的指紋倒是驗出不少。」

「您說不少——意思是木刀從頭到尾都布滿了隆文先生的指紋嗎？」

「是啊。不過隆文先生每天都拿著那把木刀練習揮劍，會這樣也是理所當然的事情。相反地，除了隆文先生的指紋外，沒有發現半枚清晰的指紋。」

「原來如此，我明白了。」影山畢恭畢敬地點了點頭，「——所以呢？」

然後這麼反問麗子。麗子倏地停下手中即將碰到嘴脣的玻璃酒杯，以銳利的目光斜眼看著站在身旁的管家。「所以呢——所以什麼？」

被問到的影山，一個字一個字地分段詢問麗子。

「所以，大小姐，究竟，在煩惱，什麼呢？」

「煩、煩惱什麼，不就是誰殺了隆文先生……」

「啊啊，大小姐。」

影山打從心裡感到失望似地深深嘆了口氣。然後他稍微彎下腰來把臉湊近麗子耳邊，以畢恭畢敬的語氣這麼說：

「恕我冒昧，大小姐真是白吃晚餐了。」

一瞬間的沉默，降臨在只有兩人的客廳裡。根據過去的經驗，麗子很快就明白了。的確，影山剛才正對自己口出狂言。不過老實說，這回麗子聽不懂那是什麼意思。因為聽不懂是什麼意思，所以要生氣也無從生氣起。

「白吃晚餐？」麗子傻愣愣地反問。「抱歉，那是什麼意思？」

「哎呀，您不明白嗎？就是字面上的意思喔。」

影山輕輕聳了聳肩，然後對麗子翻譯自己的話。「簡單來說，我的意思是大小姐飯都白吃了——」

還沒把管家的話聽完，麗子就滑下沙發，險些把高腳杯內的紅酒灑在地上。不過千鈞一髮逃過一劫後，為了避免心中的動搖被看穿，麗子不慌不忙地站起身子，先將手中的高腳杯慎重地擺到桌上。

「——嘶。」然後麗子做了個大大的深呼吸。接著忽然伸出食指，指向狂妄管家的臉，暴跳如雷地宣洩自己的情感。

「別、別、別開玩笑了！我、我、我吃下的晚餐全都化為我的血肉，為世界為人類為國立市市民所用！連一丁點都沒有浪費過！」

被指責的影山很沒管家模樣地冷笑著說：「若真是這樣就好了……」

「什麼叫做『若真是這樣就好了』——！你笑個屁啊——！」

麗子在怒氣的驅使下踹開了桌腳。桌上的高腳杯翻倒，使得紅酒灑落地上。啊哇哇，我在幹什麼啊？麗子陷入輕微的恐慌狀態。

不過在這種情況下，影山還是不慌不忙地拿起抹布擦拭一下潑到地上的紅酒。麗子見狀稍微恢復了冷靜。面對這樣的麗子，影山霍然起身，緩緩地開口。

「大小姐不覺得不可思議嗎？關於那個放在電腦桌旁的三層抽屜，最上層的抽屜並沒有被打開這點。」

「這我當然好奇啊。不過那是因為那個抽屜鎖起來了嘛。」

「所以您的意思是，小偷先生打不開那個抽屜的鎖，所以就這樣放著沒去碰它嗎？可是大小姐，我沒記錯的話，出沒在清川邸附近的小偷先生應該是個開鎖高手吧？」

「是、是啊，你說得沒錯——不過，你這樣對小偷使用敬語是不對的！」

「對不起，老習慣忍不住就跑出來了……」影山輕輕低下頭，然後回歸正題。「這個小偷能夠以高明的技術打開清川家玄關的門鎖，卻開不了抽屜上像是玩具的小鎖嗎？」

「嗯——這種事情基本上是不可能的。可是，反正那個抽屜裡又沒有小偷喜歡的貴重物品，所以根本沒必要打開——之類的。」

「大小姐，有沒有貴重物品要打開抽屜看才知道。上了鎖的抽屜反而可能存放著珍寶——如果是小偷的話，一般都會這麼想吧。」

「這倒也是。那麼，為什麼那個小偷沒有打開抽屜呢？」

「答案很簡單。那個小偷不會開抽屜的鎖。也就是說，那個小偷不具備開鎖的技術與工具。」

「所以說，潛入清川家的小偷、跟在附近行竊的小偷是不同的人囉？」

「應該說，那個人根本就不是小偷，也不是什麼開鎖高手。」

「可是，這樣就奇怪了。如果不會開鎖的話，那傢伙是怎麼潛入清川家的？」

「當然是因為持有鑰匙。清川家玄關大門的鑰匙。」

「呃！你該不會是說——那傢伙的真實身分，其實是清川家的人嗎？」

在麗子的視線前方，影山靜靜地點了點頭。然後麗子察覺了重大的事實。

「等一下。如果事情像你說的一樣，那麼符合的人物就只有一人了。因為根據鄰居老爺爺的目擊證詞，小偷是男性啊。」

「是的，就是大小姐想像的那個人喔。」

「騙人！」麗子尖起嗓子大叫。「小偷其實是清川隆文嗎？」

6

正是如此，面對滿懷自信點頭這麼說的影山，麗子馬上反駁。

「真不敢相信。為什麼隆文先生要在自己家裡鬼鬼祟祟地做出竊賊般的行徑啊？他根本沒必要這麼做嘛。」

「不，這可大有必要了，大小姐。根據您的描述，隆文先生跟芳江夫人感情已經淡了，兩人處於快要離婚的狀態。既然如此，就算隆文先生會想要私下取得離婚談判時有利於自身立場的情報，比方說芳江夫人外遇的證據等等，而且真的付諸行動去找，那也不足為奇。」

「原來如此。所以隆文先生才會提早結束高爾夫球的練習，比計畫還早回到家裡吧。」

「是的。在其他家人回來之前，隆文先生可以在芳江夫人的房間內任意搜索。而住在隔壁的老人湊巧目擊了這樣做的隆文先生。如此一來，事情就說得通了。」

「那麼用木刀痛毆隆文先生的人是誰呢……啊，我知道了！是芳江夫人吧。」

彷彿親眼目擊到那個場面般，麗子得意洋洋地說：「其實芳江夫人也提早結束購物，比計畫還早回到自己家裡。這時，她剛好撞見了正在自己房內東翻西找的丈夫。芳江夫人勃然大怒，於是拿起放在玄關的木刀痛打丈夫的頭。結果隆文先生不幸被打中要害而死——怎麼樣啊？影山。」

「不愧是大小姐。您的推理聽來十分合理，感覺很像是正確答案。」

影山以很像是讚美的方式嘲諷麗子。聽了管家一席話，麗子火大起來。

「什麼啦，影山。你的意思是，犯人不是芳江夫人嗎？要不然是誰？新島喜和子？

她沒有動機喔。還是智美和雅美姊妹?的確，她們有謀奪遺產這個充分的動機，可是那兩人會做到這個份上嗎?」

「不，隆文先生並不是因為那種可怕的動機而遭到殺害。不如說他的死是一起不幸的意外，我是這麼認為的。」

「不幸的意外?隆文先生是被人殺害的喔。才不可能是什麼意外呢。」

「請您仔細想想，大小姐。犯人使用木刀做為凶器。根據風祭警部的推理，這把木刀是隆文先生為了擊退小偷而自己拿出來的。小偷搶下那把木刀，反過來殺害了隆文先生，警部是這麼推理的。可是，實際上做出竊賊般行徑的人卻是隆文先生。這樣的話，這名凶手拿著木刀的目的會是什麼呢?最高的可能性，就是要用木刀擊退小偷吧——您不這麼認為嗎?大小姐。」

聽了影山意外的見解，麗子忍不住「啊」地叫出聲。

「那、那是怎樣?做出小偷般行徑的隆文先生被誤認成真正的小偷，因而遭到木刀擊斃嗎?你說不幸的意外是這個意思吧。」

「這我無法斷言。只不過這種情況很有可能發生。當然，芳江夫人一怒之下拿起木刀猛揮的可能性也不能完全否定。」

「真是的!到底是怎樣啦。」管家模稜兩可的回答讓麗子煩躁起來。

不過，影山卻從容不迫地用指尖推了推銀框眼鏡，帶著若無其事的表情說：

「哎呀，不管怎樣都是一樣的喔，大小姐。」

「你說一樣是什麼意思？」

「問題在於指紋。」影山在麗子面前攤開右掌，展示自己的指紋。「如果事情就像大小姐所說的，芳江夫人一怒之下拿起木刀的話，木刀上必然會沾滿了夫人的指紋。相反地，清川家的哪個人誤以為隆文先生是小偷而抓起木刀也是一樣。在這種情況下，那個人的指紋也會留在木刀上。可是，實際上木刀上卻只留下了隆文先生的指紋。您覺得這是為什麼呢？」

「為什麼，那是因為犯人事後把指紋擦乾淨了……不，不對。」

「是的。如果犯人事後用手帕拭去指紋的話，別說犯人的指紋了，就連隆文先生的指紋也完全不會留下，至少在擦拭範圍內，什麼指紋都不會留下。可是聽大小姐的描述，木刀上卻布滿了隆文先生的指紋。換言之，這名犯人並沒有擦拭木刀。即使如此，木刀上依然沒留下犯人的指紋。從這件事情可以導出一個結論──您已經明白了吧？大小姐。」

「呃──所以犯人戴了手套嗎？」

儘管自己這麼回答，麗子還是半信半疑。「的確，戴上手套就不會留下自己的指紋，隆文先生的指紋也能完好地保留大半。可是，這樣不是有點奇怪嗎？因為，為了擊退小偷而拿起木刀的人，不會特地戴上手套吧。當然，就算犯人是勃然大怒的芳江夫人也一樣。臨時才不會想到要戴手套什麼的呢。」

想到這裡，麗子抱住了頭。如果情況是像風祭警部所推理的竊賊臨時起意殺人的話，事情就說得通了。畢竟小偷一開始就會戴著手套，這是很理所當然的事情。

不過如果像影山所推理的，小偷就是隆文先生的話，用木刀痛毆他的人就不可能戴手套了。可是留在木刀上的指紋卻直指犯人在犯案時戴了手套。這樣不是很矛盾嗎？

「您在煩惱什麼呢？大小姐。答案已經很明顯了。這名犯人沒有必要特地戴上手套痛毆隆文先生。既然如此，我們只能這麼想了。也就是說，這名犯人拿起木刀時，手上碰巧戴著手套——」

「啊，你說碰巧戴著手套？」

麗子忍不住歪著頭。不是「特地」，而是「碰巧」。其中的差距意外地大。

「這話是什麼意思？如果是冬天也就算了，在這種盛夏的大熱天裡，有誰會碰巧戴著手套啊？誰也不會戴的。畢竟天氣本來就夠熱了。」

「哎呀，真的是這樣子嗎？不不，我就曾看過好幾次在大熱天裡還故意戴手套的女性呢……」

聽了影山意味深長的一席話，麗子忍不住輕聲叫了出來。雖然都統稱為手套，但是種類與用途卻是五花八門。有作業用的棉手套，也有防寒用的手套。如果是重視外觀的裝飾性手套，麗子擁有的數量都多到可以開店了。甚至還有只在日照強烈的夏天才能大顯身手的手套，如今也已經是這個季節的必需品了。麗子下意識彈了一下指頭。

「——我懂了，是UV手套！犯人用戴了UV手套的手握著木刀。」

UV手套。在眾人高呼地球暖化、天氣酷熱已成常態的最近，使用它的人正急遽增加。其中多數是視日晒為最大敵人、希望能夠延緩肌膚老化、年紀到了一定程度的女性（麗子還沒有使用過）。

「不愧是大小姐，真是慧眼獨具。」說完肉麻的恭維話後，影山催促著麗子繼續推理。「既然都知道這麼多了，您應該已經察覺到犯人是誰了吧？」

「咦，察覺？」麗子思考了一瞬間，然後乾脆地搖了搖頭。「不，我完全不懂！」

「啊啊，大小姐，您果然白吃了晚餐……」

「不用一直說個不停啦！」麗子打斷影山的狂妄發言叫道：「既然你都這麼說了，想必你已經看穿了犯人的真面目吧。那你就說來聽聽啊。」

「遵命。」影山恭敬地行了一禮後，便開始陳述自己的推理。「首先芳江夫人不可能是犯人。鮮少有人會穿著和服還戴上UV手套。況且，就算不使用那種手套，只要穿上和服，便能用袖子遮掩整條手臂。」

「的確如此。那麼其他嫌犯怎麼樣？」

「長女智美並不是犯人。基本上沒有哪個女性會戴著UV手套去跟戀人約會看電影。而且她穿著無袖背心。身穿連肩膀都完全裸露在外的衣服，卻只在手上戴著ＵＶ手套防晒，這光看就覺得可笑。」

「那麼次女雅美呢？」

「雅美手腳都晒得黝黑。不在意紫外線的她，卻只在今天使用了ＵＶ手套，這種情況有點難以想像。而且，女大學生不太愛用ＵＶ手套這種東西。所以雅美應該不是犯人。」

「如此一來，剩下的就只有清川家的惹事生非之徒了。」

「是的，就是新島喜和子。她擁有如年糕般白皙的肌膚。為了保持肌膚白皙，她恐怕是煞費苦心吧。就年齡上來說，她也是愛用ＵＶ手套的那一輩。而且，她騎著腳踏車外出。據我觀察，最積極使用ＵＶ手套的通常是騎乘腳踏車的女性——根據上述理由，我認為殺害清川隆文的真凶應為新島喜和子。」

不過這終究只是我的推測罷了——這麼叮嚀一句之後，影山又接著解釋：

「新島喜和子在立川的吃角子老虎店玩輸後，便踩著腳踏車早早回到了清川家。她戴著ＵＶ手套，打開玄關大門進入屋內。這時，隆文先生正在芳江夫人房裡翻箱倒櫃。從打開的房門偷窺隆文先生鬼鬼祟祟的背影時，她突然想到了傳言最近在這附近到處行竊的小偷。」

「新島喜和子把搜索夫人房間的隆文先生誤認成那個小偷了吧。」

「是的，於是她拿起放在玄關的木刀擺出架勢。與其說她是想用來攻擊，倒不如說是用來防身。此時，什麼都不知道的隆文先生離開了房間。想必她一定很驚慌吧。就在過於緊張恐懼的情況下，她也沒仔細確認對方的臉，不顧一切就揮下了木刀。」

「木刀刀鋒不幸命中了隆文先生的後腦杓，奪走了他的性命。」

「是的。新島喜和子應該是在那之後才發現該名男性的真實身分。她感到錯愕不已，然後想辦法想要掩蓋事實。那麼，該怎麼做才能掩飾過去呢？偽裝成那個小偷幹的才是最迅速確實的做法，她恐怕只有想到這個方法吧。」

「不過從情況來看，她會想到要這麼做，也是很理所當然的事情。」

「所以新島喜和子重新弄亂芳江夫人的房間，然後同樣弄亂了隆文先生的書房，以便偽裝成小偷行竊的樣子。結束作業後，她再度騎著腳踏車暫時離開宅邸。」

「在那之後過了不久，新島喜和子從雅美那兒接獲『隆文死了』的消息，這才再度踩著腳踏車回到清川家。這時她已經把手套摘下了。接著，調查就此展開，誰也沒留意到她的手套……」

「在殺人現場一片混亂的情況下，會沒人注意到也是情有可原的事情。畢竟那只是微不足道的小事。」

的確，那是很微不足道的小事沒錯。但這微不足道的小事卻是決定性地重要。麗子再度對影山的推理力感到讚嘆。就連遠處發生的事件中看不到的部分，都能清晰看穿的能力。自己到底被這男人優秀的能力拯救了幾次呢？（——這已經是第十八次了！）

麗子寄望著影山的力量，最後提出了剩下的一個小疑問。

「新島喜和子最初回到清川家時，隆文先生正在芳江夫人房內翻箱倒櫃。正因為如此，新島喜和子才會將他誤認成小偷。也就是說，隆文先生完全沒發現喜和子回家了。這又是為什麼呢？明明芳江夫人的房間，就位在一進玄關的地方……」

面對這個問題，「哎呀，大小姐，您不明白嗎？」影山露出一臉意外的表情歪著頭，然後自信滿滿地接著說：「隆文先生之所以沒發現新島喜和子回家了，應該是因為中央線電車的關係。她打開玄關大門的時候，中央線的電車剛好經過，發出嘈雜的聲響掩蓋了開門聲。」

啊啊，對喔。一定是這樣沒錯。不愧是我的管家影山。

麗子不由得萌生心服口服的感覺——

7

隔天，清川家的接待室內，出現了刑警們及新島喜和子的身影。

麗子裝作好像全都是自己想出來的樣子，滔滔不絕地道出影山昨天的推理。一臉老實地聽麗子說話的新島喜和子渾身顫抖，最後默默地低下了頭。她的態度比什麼都更能證明影山的推理是事實。此時，在旁邊聽著的風祭警部最後提出了一個問題：

「隆文先生為什麼沒發現喜和子回家了呢——？」

「所以說，那是因為中央線電車剛好經過——」

啊啊，真麻煩。麗子無視昨天自己的無知，在心中這麼碎碎念。另一方面，聽完麗子的回答後，警部不住地點頭，露出喜悅的表情說：「不愧是我的部下寶生。」

「…………」不，就算聽您這麼說，我也一點都不覺得開心喔。

麗子輕輕嘆了口氣，「謝謝您，警部。」對上司表示形式上的感謝。於是風祭警部擺出一副遊刃有餘的樣子，「哎呀，這都是妳的功勞喔，寶生。」對麗子投以拿手的笑容。麗子只能一如往常地面露苦笑。

就這樣，清川家殺人事件姑且以逮捕新島喜和子告一段落了。

不過麗子並不知道。事件解決之後，還有真正的大事件在等著自己——

·

那是盛夏的豔陽已然西斜，國立市的街道上開始亮起晚燈的事情。

結束一天的工作後，正準備返家的麗子，心不甘情不願地跟風祭警部一起走出國立市警署正面的玄關。雖然麗子想趕快告別煩人的上司，打電話叫車子來接自己，可是風祭警部卻異常多話。

「新島喜和子似乎死心了。聽說她已經乖乖認罪並開始招供，絲毫沒有反抗的意思。事件全貌大概要不了多久就會水落石出了吧。原本還以為是起棘手的事件，沒想到卻出乎意料地迅速解決了。不，這樣是當然很好啦——」

然後警部自言自語似地說：

「這樣我也能毫無後顧之憂地離開國立市警署了——」

「喔，警部，您要去哪裡出差嗎？啊，該不會是國外吧？好好喔。」

面對輕鬆回應的麗子，風祭警部一反常態帶著嚴肅的表情說：

「不是這樣的，寶生。妳聽好了。其實上頭突然下達了人事令，所以我要調職了。跟國立市警署也要說再見了。這是我最後一次當妳的上司。妳明白這是什麼意思嗎？」

「咦？」一瞬間，複雜的情感支配了麗子的內心。自己是應該高興，還是應該難過……

「啊啊！不要露出那麼悲傷的表情，寶生！」

「…………」自己有露出那麼悲傷的表情嗎？應該不可能會有這種事才對啊。

在困惑的麗子面前，風祭警部依然繼續演他的獨角戲。

「我也不好受啊。其實我也不想離開國立市警署，這裡有照顧過我的上司與前輩，還有我信任的夥伴。更重要的是有我可愛的部下……」

「警部……」麗子第一次被這個討厭的上司所說的話深深打動。

「不過沒辦法啊，寶生。這是上頭的命令。而且啊，警視廳高層有個年紀輕輕就獲得警視正頭銜的人。聽說，這人是未來就算成為警視總監也不是夢想的超級精英，他非常欣賞我的活躍表現呢。」

「——啊？」這該不會是在自吹自擂吧？呃，在這個節骨眼上嗎？

「畢竟，國立市內每個月發生的離奇事件全都被我悉數解決了嘛。該怎麼說呢？總之就是很自然地引起注目了。所以那位精英警視正，硬是拜託我務必要到本廳一展長才。這個嘛，既然上頭的人都低頭這麼說了，我也不能再扭扭捏捏的了。而且妳看，這個國立市實在是太小了，不足以讓我這麼大器的人大顯身手啊，哈哈哈！」

「…………」警部，就在剛才這一瞬間，您與國立市全體市民為敵了喔。

麗子忍不住深深嘆了口氣，為短短一瞬間被他所說的話「深深打動」的自己感到羞恥。然後麗子偷偷在心中對著警視廳高層那位留意到他活躍表現的某人大叫。

——居然會對這種男人寄予期望，你們眼睛是瞎了嗎！

不過也罷。就算風祭警部想要把警視廳搞得一片混亂，那也不關我的事了。麗子做出結論，選擇直到最後一刻都要扮演理想部下的角色。

「恭喜您榮升，警部。祝您今後順心如意。」

「謝謝妳，我很開心喔。」這麼說完，警部筆直地注視著麗子的眼睛。「不過啊，其實我在這個城市裡還有個遺憾未了。妳願意實現我最後的心願嗎？」

「是，什麼事情呢？只要我辦得到的話……」

當然辦得到！只有妳才辦得到！這麼說完，警部便對麗子說出隱藏在心中的願望。

「寶生，今晚跟我到看得見夜景的頂級餐廳共進最棒的晚餐──」

「！」最後的心願就是這麼一回事嗎？「我拒絕！」

還沒把警部的話聽完，麗子就不容分說地乾脆回絕。

彷彿被這句話的威力擊中一般，警部手按著胸膛呆立原地不動。

「不、不行嗎？無論如何還是不行啊……」

當然不行啊。因為若是和這個人共進晚餐的話，感覺不是只有吃個飯就算了。不過話雖如此，對方畢竟也是照顧過自己的上司。老是拒絕他也很過意不去。

「那個，警部，雖然不能跟您去頂級餐廳──」

麗子帶著可愛部下的表情對低著頭的上司露出微笑。「不過我倒是可以陪您去吃串燒喔。怎麼樣？警部。而且事件也解決了，身為警察，這種時候不都是要去吃串燒嗎！」

「喔喔，寶生。」警部抬頭豎起大拇指，總算露出笑容了。「妳說得確實有道理。現在不該吃什麼義大利料理或法式料理，配著串燒小酌一杯，才是正確的抉擇！畢竟我們是警察嘛。好，我知道有家串燒很好吃的店。事不宜遲，我們走吧！」

話一說完，風祭警部立刻用力推著麗子的背。

「好，今晚要大喝特喝，喝到吐為止。妳也要喝喔，知道嗎？寶生！」

「是是是，我會喝的，警部。畢竟我是警部的部下嘛！」

天色完全暗下來的國立市內，街道開始呈現夜晚的繁華景象——

麗子與風祭警部並肩邁開腳步，準備前去共進最初也是最後一次的串燒晚餐。

之後過了幾個小時，時針已經指向隔天了。在深夜的國立市一隅。

麗子把一如之前宣言喝到吐的風祭警部塞進計程車裡，「要把他送到家門口喔。」對司機拋了個媚眼。不過司機還是明顯的露出嫌麻煩似的表情。於是麗子稍微拿出多一點的現金，「我想您看也知道，這個人是某個組織的老大，所以最好還是別做出什麼奇怪的事情喔。」然後突然鄭重囑咐著說。

司機一臉驚恐地收下了錢，在駕駛座上把帽子重新戴正。這樣的話，喝得酩酊大醉的警部應該就沒有被人丟在路邊的危險了。

待計程車發動，目送著車子尾燈離去後，麗子便摘下黑框眼鏡，鬆開綁起來的頭髮。夏天舒適的晚風吹來，撫過她的頭髮。

「呼，這樣事情就解決了——接下來，我也該回去了。」

麗子掏出手機。不過搶在她撥號之前，一輛豪華禮車突然自道路彼端出現，滑行似地停在她面前。她的管家安靜地下了駕駛座，「我來接您了，大小姐。」以俐落的動作打開後座車門。

「不愧是影山，工作上毫無缺失可言。你一直在等我嗎？」

「是的。從大小姐離開國立市警署的時候開始，我就隨時保持待命狀態了。」

簡直就是跟蹤狂嘛。不過影山平時就神出鬼沒，事到如今麗子也不會感到驚訝了。

麗子默默地坐進後座裡，然後命令影山開車。影山熟稔地操縱著方向盤，啟動全長七公尺的豪華禮車。

「風祭警部好像很開心的樣子呢。」

「聽說是榮升了。能夠去本廳想必一定很高興吧。」

「是這樣啊。」影山在駕駛座上點了點頭。「不過那個人開心的理由應該不是榮升，而是感動於大小姐的溫柔吧……」

「笨、笨蛋！誰對他溫柔了啊。我只是克盡部下的職責而已。」

麗子透過後照鏡瞪著駕駛座上的管家。映照在鏡子裡的管家嘴角浮現笑容。

「不過，對這個城市而言，好男兒風祭警部的異動將會是莫大的損失。就算稱之為一個時代的終結也不為過。」

「太超過了、太超過了！那個人重要性才沒有那麼高呢！」

聽了影山所說的話，麗子大大地搖了搖頭。不過，他這番話或許出乎意料地正確也說不定。

麗子回想著之前經歷過的許多日子。首先出現的是麗子擔任刑警的日常生活……每天都穿著褲裝趕赴現場，被風祭警部頤指氣使，聽著他錯誤的推理，忙到精疲力竭才回家。接著畫面為之一變，開始了麗子做為富豪千金的日常生活。麗子換上漂亮的洋裝，享用豪華晚餐，對身旁聰明卻又壞心眼的管家說明事件詳情，喝著紅酒進行晚餐後的推理——

這種一再重複上演的尋常光景，也絕非永久不變。

麗子的每一天，肯定會因為風祭警部的調動而變得跟以往不同吧。風祭警部過去始終支配著麗子身為刑警的日常生活，他的存在果然具有重要意義。

這時麗子突然擔心起來，輕聲地詢問駕駛座上的管家。

「欸，影山該不會突然跑到哪裡去吧……」

「——啊？」影山大概難得心生動搖吧，他操控方向盤的動作瞬間亂掉，車子在路上蛇行了一下。

「沒有啦，我是說，那個，你不會異動之類的吧？又不是當公務員……」

「這我不能保證。」於是影山以淡淡的口吻說出了令人不安的話：「畢竟我不過是個受雇於寶生家的管家。只要老爺一個轉念，我什麼時候被開除都不奇怪。」

「沒、沒這回事！」麗子下意識地把身體探向駕駛座大叫：「就算是爸爸也不能開除你。因為你是我的管家啊。你給我記好了，這世界上能開除你的就只有我一個人而已。」

「…………」

影山默不吭聲地繼續開車。麗子意識到自己胸口劇烈的鼓動。自己剛才大叫著說出了什麼奇怪的話啊？麗子心中滿是羞怯與不安，就這樣默默望向窗外。已過深夜的大學大道上，不見任何對向行車。彷彿只有載著兩人的這輛豪華禮車行駛在夜晚的跑道上一般。

車內充滿了寂靜。影山依然沉默不語。再過不久，車子大概就要抵達寶生邸了。

為了掃除沉默，麗子展現大小姐風範強勢地說：

「知道吧，你要一直當我的管家——答應我，影山。」

麗子的管家從駕駛座上靜靜地回答：

「是。我會一直在您身邊服侍您的，大小姐。」

逆思流

推理要在晚餐後3

（原名：謎解きはディナーのあとで3）

作者／東川篤哉　插畫／中村佑介　譯者／黃健育
發行人／黃鎮隆　經理／陳君平
副理／洪琇菁　國際版權／黃令歡
執行編輯／呂尚燁　美術編輯／李政儀
企劃宣傳／邱小祐
發行／英屬蓋曼群島商家庭傳媒股份有限公司城邦分公司　尖端出版
台北市中山區民生東路二段一四一號十樓
電話：（〇二）二五〇〇—七六〇〇（代表號）
傳真：（〇二）二五〇〇—一九七九
中彰投以北經銷／楨彥有限公司
電話：（〇二）八九一九—三三六九
傳真：（〇二）八九一四—五五二四
雲嘉經銷／威信圖書有限公司　嘉義公司
電話：（〇五）二三三—三八五二
傳真：（〇五）二三三—三八六三
客服專線：〇八〇〇—〇二八—〇二八
南部經銷／威信圖書有限公司　高雄公司
電話：（〇七）三七三—〇〇七九
傳真：（〇七）三七三—〇〇八七
香港總經銷／城邦（香港）出版集團有限公司
香港灣仔駱克道193號東超商業中心1樓
電話：（八五二）二五〇八—六二三一
傳真：（八五二）二五七八—九三三七
E-mail：hkcite@biznetvigator.com
馬新總經銷／城邦（馬新）出版集團　Cite(M)Sdn.Bhd.
E-mail：Cite@cite.com.my
法律顧問／王子文律師　元禾法律事務所
台北市羅斯福路三段三十七號十五樓
二〇一三年五月一版一刷
二〇二〇年三月一版八刷

《NAZOTOKI WA DINNER NO ATO DE 3》
by HIGASHIGAWA Tokuya

■中文版■

郵購注意事項：
1. 填妥劃撥單資料：帳號：50003021戶名：英屬蓋曼群島商家庭傳媒(股)公司城邦分公司。2. 通信欄內註明訂購書名與冊數。3. 劃撥金額低於500元，請加附掛號郵資50元。如劃撥日起 10～14日，仍未收到書時，請洽劃撥組。劃撥專線TEL：(03) 312-4212 ・ FAX：(03) 322-4621。E-mail：marketing@spp.com.tw

國家圖書館出版品預行編目資料

推理要在晚餐後3 / 東川篤哉 著 ; 黃健育 譯.
—1版.—臺北市 : 尖端出版, 2013.05
面 ; 公分.—(逆思流)
譯自:謎解きはディナーのあとで 3
ISBN 978-957-10-5176-5(第3冊 : 平裝)

861.57　　100008678